机会总是
伪装成困难
到来

冰是坚硬万倍的水

朴 槿 惠 的 女 人 哲 学

宋璐璐 编著

作家出版社

图书在版编目（CIP）数据

冰是坚硬万倍的水 / 宋璐璐编著. -- 北京：作家
出版社，2015.12
  ISBN 978-7-5063-8586-2

  Ⅰ.①冰… Ⅱ.①宋… Ⅲ.①散文集—中国—当代
Ⅳ.①I267

  中国版本图书馆CIP数据核字（2015）第284778号

冰是坚硬万倍的水

编　　著：宋璐璐
责任编辑：王　炘
装帧设计：北京高高国际文化传媒有限责任公司
出版发行：作家出版社
社　　址：北京农展馆南里10号　　　邮　　编：100125
电话传真：86-10-65930756（出版发行部）
　　　　　86-10-65004079（总编室）
　　　　　86-10-65015116（邮购部）
E-mail:zuojia@zuojia.net.cn
http://www.haozuojia.com（作家在线）
印　　刷：北京市十月印刷有限公司
成品尺寸：170×240
字　　数：214千
印　　张：17.25
版　　次：2016年1月第1版
印　　次：2016年1月第1次印刷
ISBN 978-7-5063-8586-2
定　　价：39.80元

寻找内心的平静[*]

朴槿惠

1981年5月26日

法国有一句谚语：Contentement passe richesse，即**"知足胜于财富"**。

知足是人类最美好的品德。阳光和蓝天是属于谁的？那是不能用任何地位或财富所能换取的。阳光和蓝天属于大自然，阳光和蓝天也属于善于欣赏和享受大自然之美的人。

我至今还认为不能忠实于眼下每一天的人永远无法懂得"知足"的真正内涵。"知足"不在于周边的环境如何，就看我们如何把握"满足"和"快乐"的尺度。

1981年7月1日

别说预测未来，就连下一秒都无法推断，对这样的人来说，未来简直是浮云般虚无缥缈的东西。

其实预测未来并不是一件难事，对于忠实于眼下每一天生活的人来说，他的未来将会怎么样是再清楚不过的事情。要上大楼顶层必须从一层开始层层向上攀爬，同样，要预测明天就要踏踏实实地过好今天，要想预测明年就要踏踏实实地过好今年。何况在这个对自己寿命没有100%保证的社会，**愉快、充实地过好每一天不能不说是我们一生最重要的事情。**

就像我们每天安排当天的计划一样，对自己的一生也应该有个计划或者是一生追求的价值观。人生充满艰难险阻，可是只要我们具备正确的人生观及人生计划，就完全可以使我们的每一天过得充实、快乐。

1981年7月16日

向往真实、美好、智慧的生活，对诚实的人来说恐怕是一个共同的愿望。

然而去寻找真理和智慧又是一件不容易做到的事情。因为我们的生活拥有太多不可预知的因素。

就像钻石众多的棱角赋予钻石璀璨一样，那些生活中不可预知的因素也赋予我们的人生特殊的意义。当我们意识到"人生原来如此"的时候又会有一个不可预知的因素出现在我们的面前。为了寻求内心的平静，每个人在自己的人生路上都在做出不懈的努力。就像流水流到最低处才能保持安静一样，人类也只有寻找内心的平静才能保持安定。

只有经历人生的酸甜苦辣，我们才能领悟自己是"井底之蛙"，也才能领悟"学海无涯"的道理。

1981年9月27日

人生最高的智慧蕴含在快乐生活之中。**笑对世间之苦，不管遇到什么困难都能从容应对，拥有这样能力的人才是人生真正的主人。**

＊本篇文字摘自《朴槿惠日记》，陈冰冰译，上海译文出版社2013年6月。

冰是坚硬万倍的水

朴 槿 惠 的 女 人 哲 学

目 录

The First Gift 坚强

在绝望中磨炼希望

The Second Gift　气度

不计较，不争吵

The Third Gift　气场

气场的秘密

The Fourth Gift　品位
眼界决定境界

The Fifth Gift　心态
换一种心境，就换一个世界

The Sixth Gift　情商

情商可能比能力更重要

The Seventh Gift　处世

如何得到更多的喜欢与尊重

The First Gift

坚强

在绝望中磨炼希望

像水一样奔流而下

确定人生目标，认定人生行程，接受既成事实，这是给自己的人生注入正能量的前提。就像河流在山地沿着山势从高处往低处流一样，沿着地势时窄时宽、时快时慢。

纵观古今中外，每一位成功者都拥有一个明确的目标，并且能坚持不懈地为之拼搏奋斗。目标给了他们前进的动力，为他们指明了前进的方向，正如爱因斯坦曾经说过的一句话："在一个崇高目标的支持下，不停地工作，即使慢，也一定会获得成功。"

在大学时期，朴槿惠曾经依靠书本和录音带自学了法语，但总的来说根底还很浅。她的外交经历帮助她崭露头角，同时使她意识到良好的外语能力是外交往来中不可或缺的条件。于是她按计划到法国留学，修完格勒诺布尔的语言课程。

风景如画的格勒诺布尔大学是一所法国的名牌大学，1339年建校的格勒诺布尔大学有一百多年招收外国学生的历史，大街上外国留学生比比皆是，没有人会在意走在其中的这位具有东方面孔的女学生。学校附近有很多家庭为来格勒诺布尔留学的学生提供寄宿，朴槿惠选择了一个单亲家庭作为她的寄宿家庭，由此开始了她的法国之旅。

　　一个女孩独自在外读书，有很多需要克服的地方：青春期的叛逆，由于缺乏主见而迷失方向感，这些很容易让人感到无所适从。但朴槿惠心中有一个非常明确的目标，那就是她必须要进入格勒诺布尔大学正式学习，在这之前，她必须完成好短期的选修课程。在她的日程中，与朋友喝茶聊天休闲的次数被降到最低——每周只有一次。她将绝大多数的时间都用在了学习上，因此，她的法语水平有了突飞猛进的提高，她的成绩一直都是最优秀的。

　　不过，朴槿惠并没有按照计划完成她的留学日程。一场突如其来的变故像暴风骤雨般袭来，终止了她短暂的法国留学生涯，令她措手不及。在韩国大使馆火速回国的催促下，她启程回到韩国……

　　由于外部原因，朴槿惠没有如愿地实现她留学法国的目标，但是她在法国期间，始终坚持自己心中的目标，努力不懈地为之奋斗，并且取得了非常优异的成果。所以说，有一个明确的目标，并且坚持不懈地为之努力，是获取成功的基础。

　　那么，对于想要改变自己，努力奋斗的女人们而言，如何才能够确立一个十分明确的目标呢？众所周知，人在确立目标的时候，需要将主观条件与客观条件都考虑在内。每个人的条件不一样，那么其目标也就不可能一样。不过，在确定目标的时候，大家使用的方法却基本是一致的。

　　每个人的目标都好像一件"产品"，而我们的社会则是这些"产品"应用的"市场"。如果产品不符合市场的需求，那么该产品就相当于废品。所以，我们在确立目标时，应当将社会的需求考虑在内。毕竟，有了需求，才会有市场；有了市场，才会有个人的价值体现。

每个人都拥有属于自己的性格、兴趣以及长处。所以，我们在确定目标的时候，应当将这些看作是基础与参照物，将目标建立在自己最喜欢与最擅长的东西上。如果你能够做到这一点，那么你在奋斗的时候就会变得轻松起来，你所遇到的困难会少很多，你的整个奋斗过程中出现的苦恼与迷茫也会少得多。

有的人在确定目标的时候，总是感到十分迷茫，需要注意的是，在制定高目标的时候，千万不可以好高骛远，脱离现实。当然了，制定一个相对低一点儿的目标也是可以的，可是也不能太低，因为那样的话对于个人才能的发挥是很不利的。总而言之，不管是制定高一点儿的目标还是低一些的目标，都应当符合现实。

我们都知道，目标在层次上有高与低的区分，在幅度上也有宽与窄的差别。我们在制定目标时，要注意尽可能地避免制定过于宽泛的目标，而应当将目标制定得相对窄一点儿，这样有利于力量的集中。换句话说，利用相同的力量做不同的事情，专业面越是集中，那么，其作用就会越大，成功的几率也会越高。所以，所制定的目标的幅度，还是窄一点儿比较好，这样一来，就可以将所有的精力都投入进去，从而大大提高成功率。

制定一个长期的目标，有利于更好地规划人生。可是倘若时间太长，那么人在奋斗的过程中就极有可能会出现懈怠，一旦发现目标不容易实现，就很难坚持下去，甚至有可能轻易地就放弃了。制定一个短期的目标，实现起来诚然会容易很多，可是，倘若整天只盯着短期目标，那么人就极有可能变得鼠目寸光，缺乏大局观念。所以，在制定目标时，一定要注意做到预期长短相结合。在漫长的一生中，可以适当地制定一些短期目标，这样可以体验追求的快乐与成功的喜悦。与此同时，也需要制定长期目标，这样才不会因为小小的成果而忘乎所以。

在同一时间段内，最好不要制定太多目标，尤其是工作目标。要知道，如果制定的目标太多，那么你的注意力必然会分散，这也就相当于没有了目标。比如，狼在追捕自己的猎物时，总是死死盯着一只猎物，绝对不会在同一时间内去追捕好几只猎物，因为它们知道那样做几乎不可能成功，只会白白浪费自己的体力。因此，在同一时期最好只制定一个目标。

目标就好比是射箭时所需要的靶子，应当清楚明白地摆出来。倘若这个靶子太过模糊，那么，它应有的作用也就体现不出来了。比如，有人胸怀远大的志向，并且立志要成就一番大业，可是，面对广泛的事业，他却不知道选择哪个领域，也不知道具体应当如何做，这就相当于没有目标。立志成就一番大业并不是目标，而是信心与激情，这二者不能相提并论。倘若你把激情看成了目标，不仅不会促使目标发挥出其应有的作用，而且还可能会制造出一定的假象，让你在投入了大量的时间、精力以及资金之后，仍然一无所获，最终只能是虚度光阴。因此，目标必须要明确！

虽然目标是前进的推动力，可是如果制定的目标不恰当，那么就极有可能成为令人头疼的"紧箍咒"。比如，你为自己制定的目标太死，没有一点儿回旋的余地，非要在三年之内怎么样，在五年之内怎么样，而这些目标在三五年之内却不一定能够顺利实现。你为了能将这些目标实现，必然会加快步伐。然而，如此一来，就极有可能造成欲速则不达的情况，不仅实现不了计划，而且还会对工作质量产生不良影响。这样，目标应有的作用就失去了。因此，在制定目标的时候，你可以适当地对自己进行激励，适时地为自己留点儿余地，不应该勉强自己。

够自信，就不会平凡

> 每个人都有生命，它可以平凡，也可以轰轰烈烈。当我们面对困难时，如果有足够的信心和勇气面对它，并敢于和它挑战，那就能获得成功。

美国作家爱默生曾经说过："自信是成功的第一秘诀。"一个人倘若缺乏自信心，就不可能会有一番大作为。

幸福是不会自己来敲门的，除非你自信地面对世界，并且为了创造幸福而不懈努力。朴槿惠在被迫远离政坛、过着平凡生活的时候，她依然相信自己一定会再度返回政坛，实现父亲朴正熙未完成的心愿。所以，她坚持每天阅读报纸和收看新闻，从来没有放弃过对国家的关心。

18年的青瓦台生活，她没有选择地成了"嫁给国家"的人。有一阵子，针对父亲的诽谤和流言几乎要把她淹没，有人好心劝她离开韩国出去避一避，但是她相信自己可以处理好这一切，再加上她深知不管走到哪个国家，都不如在自己的国家那样踏实——她的根在这里，所以，她坚持待在这片生她养她的土地上。最终，她成功了，她战胜了一切困难，获得了人民的支持，重归政坛。

自信是一种心态，有自信的人不会因为任何的困难与挫折而变得消沉沮丧。朴槿惠正是这样一个人。在遭遇各种磨难与不公平的对待时，她没有被打垮，而是非常自信地面对一切。

具有"美国商业女奇才"之称的劳伦·斯科尔斯接管了一家即将破产的纺织工厂。这家工厂已经连续3个月没有接到一份订单了，员工们的情绪都很低落。劳伦通过认真地研究与分析之后坚信：她有能力让这个工厂重新红火起来。不过，她的心中相当清楚，当前最重要的并非如何解决工厂经营的问题，而是怎样将员工们的斗志唤醒，怎样帮助他们消除恐惧，让他们再次变得自信起来。于是，劳伦召集了全体员工召开了一次大会。

在会上，劳伦并没有直白地向员工们阐述自信的重要性，也没有夸口说自己能够救活工厂，她在刚开始时就问了员工们一个问题："各位员工，你们觉得，一个身体健康的人与一个身体具有残疾的人比起来，哪一个更容易获得成功呢？"员工们不知道她想要说些什么，只能老实地回答：当然是健康的人。

劳伦微笑着点头道："大多数人都是这样想的，但是我却不这么认为。有一次，我与两个朋友一起去探险。我的这两个朋友一个是聋人，一个是盲人。我们打算去一座风景如画的深山。然而，没有想到的是，半路出现了一道地势十分险恶的峡谷拦住了我们的去路。那个时候，我真的非常害怕，因为我看见峡谷不仅非常深，而且洞底的水流也相当急。更要命的是，通向对面的唯一道路仅仅是由几根光秃秃，而且还晃晃悠悠的铁索组成的。我知道，如果我稍有不慎从上面掉下去，那么我必然会丧命。"

听到这里，底下的员工脸上也显露出十分紧张的神情。劳伦接着说道："原本我认为我的两个朋友肯定也像我一样吓坏了，但是，没有想到的是，她们竟然丝毫不怕，反而十分淡定而从容地走了过去。等我过去后，就问我那两个朋友是怎么做到的。我的盲人朋友告诉我，因为她的眼睛看不到，所以并不知道山很高，桥很险，于是很平静地走了过去。而我那个聋人朋友则告诉我，由于她的耳朵听不到，因此，她不知道脚下的河水在咆哮，这样一来，她也就没有感到太大的恐惧。"员工们听到这里都表现出一副豁然开朗的样子。

这个时候，劳伦开始进入正题："各位，正是由于我太'健全'了，因此我才考虑得太多，从而使我丧失了走过去的勇气。事实上，阻挡我前进的并非峡谷与铁索，而是我在面对现实时所产生的恐惧。现在，你们当中有不少人都对我们厂如今面临的状况感到十分恐惧，这心态与那时我的心态是一样的。"

在那次会议之后，那家纺织厂的所有员工都变得斗志昂扬，干劲十足。没过多久，厂子就重新红火起来。当人们问他们为何会发生这样大的改变时，那些员工们微笑着说："我们不能让内心的恐惧阻挡我们前进的脚步。"

我们暂且不去管劳伦所说的是否属实，但是这个故事的确给我们展现了一个道理：自信就是一种坚定的信念，同时也是一种顽强的意志，而恐惧则是这种信念与意志的头号大敌。倘若我们对某件事情充满信心，那么我们就不会有这方面的恐惧，就更容易获得预期的效果。反之，倘若我们缺乏信心，那么恐惧将会占领我们的内心，事情的结果必然不会理想。

　　凡是成功人士，都能自信地面对世界。他们对于自己的才能充满了信心，对于自己的事业以及追求充满了信心。在他们看来，失败仅仅只是成功路上的一块微不足道的小石子，一抬脚就可以迈过去。正是由于他们自信，他们才会无畏；正是由于他们无畏，他们最终才能获得成功。

　　与之相反，那些不自信的人每时每刻都怀疑自己的能力，而且总是对已经面对的和未知的困难感到恐惧。他们为自己树立了一个失败的形象，并且经常这样暗示自己："对于我所遇到的各种困难，我是不可能克服的；对于所要面对的各种挑战，我也不可能获胜，因为有许多条件制约着我。"这种类型的人通常具有两种特点：第一，过分地高估自己所要面临的困难与阻碍；第二，过分地贬低自己的能力，过分放大自身的缺点。因此，他们感觉到无限的恐惧、自卑，最后选择了退缩与逃避，变得十分消沉。之后，他们逐渐地适应并满足于这种逃避的生活，从而让自己从主观上接受失败的结果。

　　由此可见，对于女性们心灵的成熟以及事业的成功来说，自信是相当重要的。美国有名的心理学家——唐波尔·帕兰特曾经说过这样一句话："人对于成功的渴望就是去创造与拥有财富的源泉。如果一个人有了这样的欲望，并且可以不断对自己进行心理暗示，从而利用潜意识激发出一种自信的话，那么这种信心就能够转化成一种相当积极的动力。事实上，正是在这种动力的推动下，人们才释放出了无穷的智慧与能量，从而促使人们在各个方面获得成功。"

　　因此，每个渴望走向成熟，渴求拥抱成功的女人都必须谨记：自信地面对现实中的一切，将思考与自信结合起来，这样才能充分地发挥出自己的智慧，最终使梦想成真。

重生是因为信念不灭

乌云遮天毕竟是暂时的，太阳不会因此
而消失，依旧会发出万丈的光芒。

所谓"信念"，实际上就是船舶在航行过程中所使用的罗盘，是黑暗路途上一盏可以指引道路的灯塔；信念之于人，就好像翅膀之于鸟一样，信念就是我们展翅高飞的翅膀，就是在遭遇各种挫折与磨难的时候，坚持不懈、不抛弃、不放弃的理由。

朴槿惠的性格与青瓦台曲折的小路有着神似之处：都是那样美丽深邃，沉静而又充满无限张力。秋天满地的落叶尽现浪漫情绪，古典而又现代的青瓦台体现着韩国文化的内涵。对于朴槿惠来说，青瓦台并不是一个陌生的地方，她太熟悉这儿了。在她父亲朴正熙担任总统时，朴槿惠就在青瓦台度过了18年的时光。

　　然而，随着岁月的流逝，在经历了大起大落的人生后，朴槿惠被迫远离政坛，销声匿迹。不过，朴槿惠一直没有忘记父亲的教导："努力学习本领，做一个对祖国有用的人，让祖国更加繁荣昌盛。"因此，尽管遭遇诸多磨难，但是，朴槿惠一直没有忘记自己的信念。在将近20年后，她重返青瓦台，以一个政治生命成熟，并誓言"将顺服民意，实现韩国经济复兴、国民幸福、文化昌盛的伟大梦想，为建设一个国富民安的大韩民国而不懈努力"的政治形象重返青瓦台。

　　朴槿惠正是因为有了坚定的信念——完成父亲遗志，做个对祖国有用的人——才能够在历尽风霜之后依然坚强地站立着，没有倒下去。在这种信念的支撑下，朴槿惠坚持不懈地努力着，最后终于战胜了各种挫折与磨难，实现了自己的理想。这大概就是人们常说的："坚定信念的人，就是一个正在向成功迈进的人。"

　　海德莱恩夫人是一个十分普通的家庭妇女与母亲，她的性格十分开朗乐观。有一天，海德莱恩夫人开着车出去办事，一时不慎连人带车翻进了一条非常深的沟中。

　　脱险之后，海德莱恩夫人的脊椎被医生误诊为已经摔断了，可是仅仅从X光片上无法看出她的脊椎折断的具体情况，只可以看到她的骨刺已经从外面的附着物脱离了出来。医生认为海德莱恩夫人需要卧床休息，时间至少要三个星期，并且将这个糟糕的消息告知了她。

　　"你要有足够的心理准备，"医生说，"现在，你的脊椎已经出现严重的硬化。所以，你可能在五年之后就动弹不了了。"

　　根据海德莱恩夫人后来的回忆，当时的情形是这样的：

　　"那个时候，我被吓得半死。我一直都是一个十分外向开朗的人，喜欢克服各种各样的困难，但却遇上了一个没有办法克服的困难。在床上躺了三个星期后，我的勇气与斗志逐渐地丧失殆尽了。我感到越来越恐惧，也变得越来越软弱。

"有一天早晨，我的神智非常清醒。我告诉自己：五年的时间并不算短啊！我还可以帮助家人做不少的事情呢。倘若我积极配合医生的治疗，再加上我的决心与毅力，我的病情可能会有所好转。我不想还没有经过奋斗就缴械投降了，我一定要竭尽全力，开始行动。

"当我有了这样的信念与决心之后，我突然感觉自己充满了力量。我要立即行动。恐惧与软弱都已经消失了！我挣扎着走下病床……就这样，我开始了我的新生活。我反复地进行自我激励：继续！继续！继续！

"五年后一个天气晴朗的早晨，我再一次照了X光，结果发现我的脊椎并没有什么问题。即便再过五年，我的脊椎也不会出现问题。医生建议我就这样保持积极乐观的心态，以坚定的信念勇敢地活下去，而我也确实是一种保持这样的念头。只要我的身上还有一块肌肉能够活动，我就会坚强地活下去。"

在案例中，我们看到海德莱恩夫人由于拥有了信念，并且坚持信念，因此逐渐地走向了成熟。她是一名令人敬佩，值得学习的伟大女性！当然了，如果仅仅只是拥有坚定的信念，还不能够促使人走向完全的成熟。但是，勇敢确实要比怯懦好很多。

至于我们的信念是不是能起作用，其关键就在于我们怎样去做事。倘若我们没有果断地采取行动的话，那么即便是再深刻的哲理也不会起到任何的作用。如果我们想要拥有坚定的信念，那么就一定要坚定自己的信念，这样才能将每件事情都做好。

因此，作为一个女人，如若你想要变得成熟，想要拥有成功，那么请记住一项法则：拥有坚定的信念，并且付诸行动。

敢于直面不可改变的现实

我还有很长的路要走。今后我要过更智慧的人生，我将顺应天意安排我的一切，包括我们的言行。

在人生漫长的岁月当中，我们肯定会遇到一些令人不愉快、不喜欢但却不能改变的事情。这个时候，我们应该怎么办呢？要想知道正确的答案，我们先来看看朴槿惠的故事吧。

学生总是对新生事物最敏感的人，他们年轻而单纯，总是激情澎湃地投身到一些社会活动中去，而朴槿惠却不能随心所欲地享受自己的学生生活。朴槿惠知道，自己的身份与其他同学相比，是受到约束的，而她必须接受这种约束，她没有他们的那种自由。她只能羡慕着其他女大学生浪漫的课外生活，她们可以去听音乐或看电影，很多学生课余时间去当家教，她们常常聚在一起大声地笑着，说着自己当家教的经历，互相比较你的学生如何，我的学生如何。

不过，朴槿惠也仅仅是羡慕而已，并没有因此就消极生活，她为自己制定了一个计划，并且每天都严格地执行这个计划。随着时间的不断发展，朴槿惠虽然少了很多学生应有的闲暇与快乐，但却学到了更多的知识，掌握了更多的技能与本领。

朴槿惠的特殊身份使她的行为处处受到制约：她不能参加联谊活动，不能和同学们一起逛大街，或者在夜市的霓虹灯下流连。她处处都小心翼翼，如履薄冰，生怕做错了什么事，也怕给护卫她的随从人员添麻烦。如此种种，这总的来说是有违一个花季少女的天性的。但是，朴槿惠没有任何的抱怨，而是从容地选择了接受。或许正因为这样坚强的性格，在父亲被杀之后，朴槿惠才能够迅速地接受现实，并且勇敢地生活下去，最终实现了自己的理想抱负。

现在，我们再来看一个故事。

有一天，伊丽莎白女士忽然接到了一份来自国防部的电报。这份电报的内容是：伊丽莎白女士最疼爱的侄儿——乔治在北非战场上英勇牺牲了。天啊，这对于伊丽莎白女士来说，简直就是晴天霹雳。在此之前，她是多么幸福呀！她的身体一直都十分健康，有一份很不错的工作，而且还有一个侄子。这个侄子是由她一手带大的，并且对她也很孝顺。在她的眼中，乔治就是天底下最完美无缺的年轻人，任何人都替代不了他。伊丽莎白女士对此十分欣慰，她认为自己所有付出都有了回报。

但是，这封电报将她的一切都毁灭了。伊丽莎白女士认为，自己的事业已经没什么希望了，觉得自己再也活不下去了。于是，她开始轻视、懈怠工作，忽略自己的朋友。她搞不懂，为什么像她侄子那样优秀的一个年轻人会这么早地失去生命。正当伊丽莎白女士在这从天而降的灾难中苦苦挣扎时，一封信将她改变了。

伊丽莎白女士已经有很长一段时间没有出去上班了。这天，她在家中为侄子清理遗物，忽然发现了一封信。这是一封基本上已经被她抛在脑后的信，是她的侄子以前写给她的，内容主要是安慰她不要因为母亲的死而过于伤心。信中有一段是这么写的："我们都非常思念她，特别是你，我的姑妈。然而，我非常信任你，我知道你肯定能够挺过去，因为在我心中你一直是一个非常坚强的女性。你经常教导我，无论遭遇什么样的困难，我都应当像一个顶天立地的男子汉一样勇敢地面对。"

伊丽莎白女士一边流泪，一边读信，将这封信反反复复读了很多遍。她觉得就是她的侄子在她的身边与她说了这些话。她忽然感觉，这都是她的侄子乔治的安排，他想要告诉自己："为什么你不可以依据这些方法去做，将悲伤与痛苦化解呢？"换句话说，伊丽莎白女士认为，这是侄子乔治在让她接受现实。

从此之后，伊丽莎白女士变了。她重新振作起来，认真地投入到了工作中，非常热情地对待身边的人。伊丽莎白女士常常告诉自己："乔治已经离我而去了，对此，我无法改变。我可以做些什么呢？我能做的只是像他所希望的那样开开心心地生活下去。"

于是，伊丽莎白女士将自己的精力都投入到工作与生活中，将自己的爱都给了其他人。她培养了新的兴趣，结交了许多新朋友。慢慢地，她忘记了过去的那些悲伤。

环境本身并不会让我们感觉到快乐或者不快乐。与之相反，我们的感受是由对环境的反应决定的。在现实生活中，很多女士都没有勇气去面对各种挫折与磨难，她们的内心都是非常脆弱的。但实际上，每一位女士的内在潜力是无穷的。只要她们能够接受不可避免的现实，并且勇敢地面对，那么她们就一定能够战胜一切。

　　其实，我们每个人就好比是一辆车，而我们的思想就是这辆车的四个车轮。与那些笔直、平坦的高速公路相比，人生之路要颠簸得多，所遭遇的阻碍也多得多。倘若我们为自己安装的轮胎是"强硬"的，那么我们的人生路途极有可能会高低不平。反之，倘若我们将这些挫折吸收，那么，所有的困难与矛盾均会消失得无影无踪，我们也就不必受到忧虑的困扰了。

我们没有时间悲伤

> 我知道，这样纠缠下去唯一的结果就是沉入深渊，不行，我必须振作起来。我心里有个声音告诉我要坚强地活下去，忙碌的蜜蜂没有时间悲伤。

印度的讫哩什那神曾经说过这样一句箴言："人生真正的圆满，并不是平静乏味的幸福，而是勇敢地面对所有的不幸。"人们会由于"勇敢地面对一切不幸"而变得十分顽强与深邃，并且从中获得巨大的益处。与此同时，"不幸"也可以将潜藏在我们身体中的巨大能量激发出来。倘若没有"形势所逼"，我们身体中的这种巨大能量很难发挥出来。

1976年10月26日，随着一声枪响，朴槿惠的父亲朴正熙溘然长逝。朴槿惠与她的弟妹沦为了平民孤儿。在她领着弟妹回到新堂洞的家里时，已然物是人非：没有人再用仰慕的眼光看她，她每天都要面对失去父母的悲痛和周围仇视的眼光，这就是现实。在父亲执政期间，严苛的法治使很多人受到不公正的待遇，现在这些人如同汹涌的洪水朝着她冲击而来。他们在新堂洞的住宅被愤怒的人群团团围住，她出不了门，就像困在汪洋大海中孤零零的小岛上。

父亲被昔日亲密的部下射杀，朴槿惠试图通过法律手段惩办凶手，那位声称是朴正熙坚定的支持者的律师抛给她一句话："我如果不为他（刺杀朴正熙的情报部长金正圭）辩护，就等于是在帮你！"法律界数名律师联名为刺客辩护，韩国街头甚至爆发了示威游行，要求当局释放刺杀朴正熙的情报部长，因为他刺杀的是一名独裁者，人们认为他算得上是一位民族英雄。1979年12月，全斗焕上任，掀起了批判朴正熙的浪潮，新军部对朴槿惠实行软禁，她被禁止所有的对外活动，甚至不准她为父母开追悼会，她只能在家族内部搞了一个简单的祭奠仪式。人们纷纷对她背叛中伤、诽谤侮辱、落井下石。

1981年的一天，在众叛亲离的悲哀中，朴槿惠到父母的坟前痛哭，她感到那般的无助。她在日记中记下了那段时间的感受："被丢弃在深山老林之中的心情竟是这般的孤单寂寞。"

面对这样残酷的现实，朴槿惠也曾经悲伤难过，但是她却没有消极应对，而是将这种悲伤转化为力量，然后在那种"比死还要艰难"的岁月中，照顾弟妹，发愤图强，努力生活……

木槿花朝开夕谢，阅尽人间沧桑。就这样，漫长的18年过去了。1990年的金融危机席卷韩国，朴槿惠抱着强烈的爱国之心，怀着要让在金融危机冲击下变得不堪一击的韩国经济再次实现复苏的政治抱负重归政坛，以"完成父亲未竟的事业"。

面对父亲被杀，仇人力量强大，根本无法惩办凶手的局面，小小年纪的朴槿惠承受着巨大的痛苦。在这样的情况下，朴槿惠没有因整日伤心忧虑而毁了自己的生活，而是非常勇敢地将悲伤转化为力量。

　　1945年8月，在第二次世界大战对日本作战胜利日后的第三天，布朗夫人回到自己的家中，一个人站在空寂的房间中出神发呆。

　　在几年前，她的丈夫因为车祸去世了。没过多长时间，她最爱的母亲也去世了。布朗夫人对于当时的情况是这样描述的：

　　"钟声和哨笛宣告了和平的到来，但是我的唯一的儿子唐纳却再也回不来了。在此之前，我的丈夫与母亲也先后身亡，整个家中就只剩下我一个人了。从孩子的葬礼上回来，进入空寂的家中后，一种难以言喻的孤独寂寞感席卷而来。我这一辈子都忘不了那种感觉——任何一个地方都没有我家空寂。我差一点儿在悲伤与恐惧中窒息而死。如今，我不仅要学会独自一个人生活，而且我还要对生活的方式加以改变。我内心深处最大的恐惧，就是担心自己会由于伤心过度而发疯。"

　　布朗夫人接着说道：

　　"我认为，时间会将我的创伤抚平。可是，时间过得实在是太慢了，我暗暗地想：我一定要找点事情来做，以便很好地打发时间，于是我选择了出去工作。

　　"就这样，随着时间的推移，我发现我又重新对生活、同事以及朋友们产生了浓厚的兴趣。我慢慢地明白，不幸的事情已经悄然地离我而去了，未来的所有事情都在慢慢地变好。而我曾经是如此的愚笨，抱怨上天没有公平地对待我，不愿意接受现实。然而，时间将我改变了。

　　"尽管这一天来得比较缓慢，可是最为重要的是，我最终学会了怎样去面对无比残酷的现实。

　　"如今，每次当我回忆起那些往事的时候，我都会感觉自己就好像一艘航船，在经历了大风大雨之后，终于在平静的大海上开始慢慢航行。"

　　就像布朗夫人的亲身经历，有些哀痛确实会让人们难以承受，但是最终却必须接受。当布朗夫人决定接受失去亲人的不幸事实的时候，她已经做了非常充足的准备，让时间来帮助她疗伤。可是，刚开始的时候，她仅仅是抗拒与埋怨命运，结果陷入痛苦中难以自拔。在这种情况下，就算是时间也没有办法帮助她治愈伤痛。

诚然，失去亲人是非常不幸的经历，但是人们没有别的办法，只能接受它。有的时候，我们的生活被分割得七零八散，也只有时间才可以将其缝合起来，但前提就是我们一定要给自己充足的时间。当悲剧刚发生的时候，世界似乎也跟着停滞不前了，我们陷入了无比悲痛的境地。可是，我们必须要克服这种悲痛，继续向前走。这个时候，唯有回忆一些以前开心的事情，我们才会感觉好一点儿，才能将我们内心的悲痛取代。所以，当我们遭遇不幸的时候，不要一直悲伤与怨恨，我们应当勇敢地接受那没有办法逃避的现实，时间会帮助我们从不幸中走出来的。

有的时候，不幸也并不完全就是坏事，它也可能会成为一种推动人前进的动力，促使我们立即采取行动，锻炼并提高我们的素质与本领。这样一来，我们就会变得更加聪敏，最终从困境中摆脱出来。

《哈姆雷特》中有一句不朽的名言："行动起来！对抗一切困难，将它们排除出去！"的确，勇敢地面对所有困难，将悲伤转化为力量，是摆脱不幸的最佳方案。

也许有人会有这样的疑问："为何这种不幸的事会发生在我的身上呢？"那么，他得到回答的只能是："为什么就不可以呢？"

上天是很公平的，它不会对任何人有所偏爱，只要是人，就会经历各种苦痛与快乐。生活告诉我们，在痛苦的国度中，任何人都是平等的。当悲伤、烦恼以及不幸降临的时候，国王也好，农民也罢，抑或是乞丐，都会经历相同的折磨。一些年轻而不成熟的人以及那些虽然已经不再年轻但却依旧不成熟的人通常只会不停地抱怨，他们永远不会懂得，悲剧的产生犹如人的出生与死亡一样，都是生活中非常重要的组成部分。

　　因此，倘若你想要让自己迈向更加成熟的人生，那么请认真地记住一项法则：勇敢地面对生活中的不幸，并且将悲伤转化为力量。

苦难之中亦有希望

如果有人认为那个叫苦不迭的时间
正是一个机遇，那么他是一个会把
握机遇的聪明人。

人在一生当中，不可能事事顺利，或多或少会遇到一些困难，甚至是比较大的灾难。当这些困难降临的时候，有的人无所畏惧，直面困难，并且将其视为一种生活的考验，一种难得的机遇，然后努力地使之转化为一种有利的因素；有的人则畏首畏尾，为之屈服，并且不停地抱怨。后一类人将困难视为一种天下的不幸，一种不能跨越的障碍，然后甘心认命，颓废一生。

"10周年纪念会"是一个为了将历史问题澄清而组织起来的社会运动团体，对于朴槿惠来说，领导这个社会运动团体是一个崭新的体验。实际上，这时候的朴槿惠已经做了9年"育英财团"的董事长，有一定的领导经验。但是，社会运动团体不同于私营企业，可以通过薪金与职位对员工进行管理，它是以"主义"和"理念"等意识形态来感化人的社会组织，因此在经营难度上要比企业大得多。

另外，朴槿惠所领导的这个社会运动团体从事的并不是整个社会的主流运动，因此，团体的活动权益不能得到保障，政府动不动就横加阻挠，民众对此则是漠不关心，有的时候甚至连最信任的人也摆出一副爱莫能助的样子。为此，朴槿惠就好像"穿行沙漠的骆驼一样默默地度过青春时光"。

但是，非常幸运的是，朴槿惠并没有因此丧失斗志而颓废不堪，她深深地明白：困难并不一定意味着不幸，也可以是迅速成长、增长本领的土壤。只要自己能够坚持下去，努力地战胜各种各样的困境，那么就会练就超强的生存本领，从困境中摆脱出来。于是，在那种冷漠、无助的环境中，尽管步履艰难，但朴槿惠还是一步一步地走了过来，同时也迅速地成熟起来，最终成为了一名出色的政治家、杰出的领导人。

毫无疑问，正是因为朴槿惠遭遇了那段充满困难的经历，才快速地成长起来，这为她最终成为一名优秀的政治家与领导人提供了不小的帮助。朴槿惠之所以会具有"能够使人们紧紧团结在自己周围的神秘的领导能力"，正因为她有过一段默默领导社会团体的经验。由此可见，困难并非意味着不幸，只要我们能够正确对待，困难也可以转化为"幸运"。

美国是一个过分强调"年轻"的国家，不少老年人慢慢地察觉到了年龄的障碍，他们常常会有一种被架空或者被抛弃的感觉。比如，在美国著名人际关系学大师戴尔·卡耐基的学院中，有一名74岁高龄的矮个子老夫人，她就不知道自己剩下的日子应当怎样度过。

这位老夫人在退休之前曾经是某学校的老师，可是她并没有积攒下多少积蓄，因此，为了给自己的精神与经济带来帮助，她需要继续去工作，以便能很好地生活下去。她对卡耐基说："除了会教书以外，我还可以讲故事给小朋友听，而且还能够通过精心挑选为每一个故事都配上相应的幻灯片。"

卡耐基认为，这正是她应当去做的事情，她完全可以重新开始自己的事业，去讲自己的故事。因此，卡耐基将自己的想法告诉了她。老夫人听完之后受到了很大的鼓舞，非常兴奋地再次投入到自己的事业中去。老妇人不再认为自己年龄大是障碍了。与之相反，她认为自己现在的能力反而比年轻的时候更棒，而且因为拥有十分丰富的经验，她讲的故事都相当动听。

她亲自来到了福特基金会（这个组织曾经为美国文化的进步做出了巨大的贡献），宣传自己为幼儿园的小朋友制定的各种"说故事时间"的计划。她找到的人都向她提出一个要求，即"证明给我看"。于是，她非常详细地介绍了自己的计划，最终成功地将他们说服了。因为她的故事中蕴含着无限的温情、戏剧性以及诉求的力量，所以他们才会乐意接受她的所有计划。

现在，这位老夫人就好像一个精力充沛的年轻人一样，满怀热情与信心。通过讲一些生动有趣的故事，她给数不清的孩子送去了快乐。对她而言，年龄不再是困难，也不再是借口，她再也不会有这样的想法——我的年龄太大了，没有能力赚钱了。她重新对自己的才能与经验进行了衡量，制订出了一份非常详细的计划，利用自己拥有的才能以及经验，踏踏实实地营造着属于自己的梦想。

的确，74岁已经不算年轻了，但是这也表明她变得更加成熟了。普通人认定她的年龄就是最大的障碍，而她却可以将其视为一种激励与诱因，然后为自己的下一个梦想继续拼搏。

　　著名的文学剧作家萧伯纳对于那些经常抱怨环境阻碍的人是非常鄙视的，他说道："老是抱怨环境只可能让他们成为现在这副样子。对于环境之类的借口，我从来都不相信。世界上每一个成就了一番大业的人，都是积极主动地寻找适合自己的环境的人。倘若不能找到这种环境，他们还会自己去创造呢。"

　　实际上，倘若我们刻意去寻找的话，那么每个人都能够找到各种各样值得抱怨的"困难"。比如，与别人相比，我们仅仅只有一条腿，但别人有两条；我们比别人更贫穷；我们身材过分肥胖、瘦弱，长得有些丑陋，性格过于内向或者外向……只要我们想为自己制造出一些障碍和借口，我们只需要找到自己与别人的不同之处，就能够如愿以偿了。

　　不成熟的人往往将自己与别人不一样的地方视为障碍，渴望别人能够给予自己特殊的照顾。与之相反，那些成熟的人则能够十分清醒地看待自己与他人的不同之处，或者努力地改进自身的不足，以便取得进步。

　　所以，如果我们想要让自己变得更加成熟一点儿，那么不要忘了这一项法则：困难并不意味着不幸，或许它会是幸运的开端。

厄运更能促使你成才

> 只有经受过痛苦的人才能成为一个真正的人。上帝永远偏爱深处痛苦中的人。

我们可能都听过一句话："因祸得福"，这句话意思就是说，看似是厄运，但往往也能带来另一种可能性。不去过分计较失去的，才能成就新的命运。一味抱怨，厄运就真的只能是厄运了。

世界上任何一个人都不会欢迎厄运的到来，每个人都祈祷能让幸运女神光顾自己，寻求生命的价值得到完整的体现，以此得到幸福和快乐。然而，真实的情况是我们避之不及的厄运却好像长着双腿，能不请自来，一下就把我们推入困境之中，将希望遮盖住，也看不到光明，我们仿佛只是一个影子，失去了生命的价值。

朴槿惠在自己的日记中这样写道：

"有这样一句古话，'天将降大任于斯人也，必先苦其心志。'上帝在给一个人交付某种任务的时候，总会让那个人先尝尝磨炼与痛苦的滋味。所交付的任务越重大，让他尝试的磨炼与痛苦就会越大。只有经受得住这个磨炼与痛苦，他才有履行上帝交付任务的资格。

"上帝总会毫不留情地让人们处于磨难之中，而人们也只有在经过哭喊、挣扎、忍耐，在承受住这个考验以后才能够领悟到其中的真谛。

"因为倘若你禁受不住考验，那么你最终将没有办法成为有用的人才，这就是人类可悲的命运——漠视上帝指定好的人生之路。今天看到因为一点儿小事就发脾气、想不通的人，我就在想，如果让他再多吃点儿苦，或许他就没有这些毛病了。"

朴槿惠这篇日记，我们从侧面可以看出一个理论：一个人只有经历了磨难、厄运才更容易成才，也就是说磨难、厄运还可以带来另一种结果——促进我们成长，帮助我们成功。因此，女人们不要去计较磨难、厄运让自己失去了什么，而应该正视我们所遭遇的一切，然后以积极的心态重新踏上命运的征程。那么，厄运也会变成幸运的。

乔治·欧德拉被他的朋友们称为"超级马拉松爱好者"，这是众人所知的事实。

1988年7月9日，乔治照常在起床后进行了二十分钟的晨跑运动，他正在为半个月后的马拉松比赛做准备，然而令他没想到的是，这竟然就成为了他人生中的最后一次晨跑运动。

那天早上跑完步以后，乔治依旧到工地去上班，他和另外三人负责屋顶上的建筑工作。那时正是夏天，天气非常炎热。同伴叫乔治将一样工具递给他，乔治便移动双脚，想要拿起距离身体不远的工具，没想到房顶水泥还没有凝固，他脚底一打滑就从上面掉下去了。

乔治失去了控制，还没等到他反应过来，他已经头朝下坠落到地面了。他事后回忆说：

"那时候我似乎听到了自己颈背骨头折碎的声音，现在想起来还会惊出一身的冷汗。当时我整个身体一直往下掉，什么都不能做，在落地的一瞬间，我没有感觉到疼痛，确切地说是一点知觉也没有。

"此后的片刻，我感到巨大的恐怖和绝望，甚至于愤怒，大量的负面情绪向我袭来。我很希望这一次只是有惊无险，我试着站起来，可是办不到，脑部传递的信号到脖颈处就中断了。

"我听到有人在房顶上面说：'不好！乔治掉下去了。'但我不确定那是谁的声音。我心里反复地期望，也不停地诅咒。这时我把头转向左边，看到不远的地方有一双穿着鞋子的脚，很熟悉的感觉，好像就是我的脚，可是它们怎么会在那个地方呢？那一刻，我恐惧极了。

"渐渐地围在我身边的人多了起来，好像有人把我的头抬起来了，接着我的身体也跟着被拖了起来，但是我不觉得痛苦，他们把我放在了类似担架的床上。但是一段时间过后，激烈的疼痛就开始侵袭我，我几乎想死，稍微一动就苦不堪言。

"我想知道，如果绑在我头上的绳子断了，我的头是不是会不停地扭转呢？很奇怪的想法，我必须使自己保持清醒。

"急救人员一面鼓励我，不让我昏过去，一面尽可能帮助我减轻痛苦，让我不要担心。在救护车上，我觉得舒服了一点，可能是心理作用吧！我觉得如果能马上到医院去治疗，情况也就不会太严重的。

"一到医院，我就马上被送进了急救病房，医生说要照X光，看看骨头断裂的情况，他们把我放在台上，把我的身体呈八字形分开，医生一边看着显示仪器，一边不时摆动我的头以配合拍照的角度，一种前所未有的苦痛侵袭着我，真的，从未有的。

"片子拍出来之后，医生看了一下，然后确定我的头骨断了。这对我来说是个坏消息，我小的时候，曾经听过别人头骨折断的故事，没想到现在竟然落到了我头上。我开始向上帝祷告，希望这只是他跟我开的一个玩笑，请他收回这个一点也不好笑的玩笑，不要让任何事发生。

"在医院里的每一个夜晚都漫长得没有边界，好像永远没有天亮的时候，那天发生的事不断在我脑海中浮现，我的脑子愈来愈乱，每一天都是这样痛苦地度过黑夜。

"后来，我想起了那位坐在轮椅上的总统——罗斯福，想起他说过的一句话'应该恐惧的就是恐惧本身'。

"从那之后，我的思想变得积极起来，我开始问自己：抛开所受的伤痛，这次的受伤对我有什么意义呢？或许我现在还看不到意义所在，但是我不断地告诉自己：将来有一天我一定会了解的，为了等到那一天，就必须活下去！我全新的人生，从现在开始。对于发生在我身上的一切，我要心存感谢。"

从此之后，乔治的生活有了全新的改变，他以积极的心态面对一切，将所有的苦难、挫折都一一克服之后，乔治迎来了无比灿烂的人生。

要知道，每个人都不能避免遭遇厄运，但勇敢地面对厄运比逃避更重要、更难得。如果你理解了这一点，你就会发现，厄运并不会致人于死地，相反是另一段生命旅程的起点！

爱默生说过："我们的力量不是来自我们的强大，恰恰相反，而是来自我们的软弱，只有当我们不堪被戳、被刺、被抛向痛苦的深渊，甚至被抛向死亡的鬼门关时，才会唤醒埋藏在我们内心深处的潜能和不可战胜的力量。"

晚受苦不如早吃苦

苦难才是所有活动的动力。苦难既可以为人生把握方向，也可以为人生充当推动力。当我们抛开个人感情以理性对待人生时，更能体会到人的生命的原动力。我们必须把苦难或者安乐放在历史的长河中去看待，否则我们无法知道苦难或安乐的真正意义，也无法知道苦难或安乐将会给我们带来的后果。

我们都知道，人生在世，不可能永远的一帆风顺、畅通无阻，或多或少地都会遇到一些苦难、挫折。当这些不幸的事情发生的时候，知道如何进行选择才是最重要的。有些人选择躲避，有些人选择面对。但是，躲避的人永远不会战胜自己，克服苦难。敢于直面苦难的人，才有可能战胜苦难、战胜自己，最终实现自己的目标。在面对逆境、苦难的时候，你的态度，会决定事情的结果。苦难是人生中的必然，只有经历过苦难的人才会成功。

父亲离世后，社会最底层的生活就像炼狱，让朴槿惠尝尽了人生百态、世态炎凉的苦楚。许多在父亲生前极力巴结她的人，在父亲死后一夜之间与她成了陌路人，即便路遇也对她视而不见。有一次，她在首尔一家酒店的电梯里偶遇父亲生前认识的一位高官，她高兴地迎上去，招呼道："您好！"不料后者旁若无人地从她身边走过，一直没有正眼看她一眼。1980年，全斗焕掀起了一场批判朴正熙推行总统终身制的运动，这场批判运动的急先锋中有很多是曾经与她父亲关系亲密的朋友，甚至包括韩国前总理金钟泌，他还有一个身份——朴正熙的侄女婿。

对父亲的责难一波接着一波，朴槿惠背负着沉重的指责。朋友出卖她，那些她曾经信赖的人这时也暴露出狰狞的嘴脸，无耻地背叛了她。她面前仿佛有一堵无形的高墙，阻挡住她的去路，而在她身后又是万丈深渊，她正站在悬崖边上一块岌岌可危的石头上，稍有不慎就会跌下去摔得粉身碎骨。生活毫不掩饰地呈现出最丑恶的一面，她看到人的权力欲望，看到人们为了追求权力而丑态百出。

朴槿惠在这段非常岁月中远离了政治圈，但生活并不宁静。过去平静和睦的家庭也风起云涌：弟弟因吸毒多次被传唤，很有美术天分的妹妹朴槿令也与她水火不相容。不知道是不是生活的巨大变故使她性情变得乖戾，朴槿令离异后又再婚，而且在政治上一直站在姐姐朴槿惠的对立面，妹妹的第二任丈夫借用"迷你小窝"以他人名义在网上对朴槿惠进行人身攻击，后因诽谤罪被判刑……

不过，这种苦涩的生活经历，却成了朴槿惠人生中最宝贵的经验，刺激了她的政治嗅觉，让她能够正确判断出忠奸善恶，迅速地成长起来。

毫无疑问，朴槿惠所遭遇的苦难是巨大的，不仅曾经信赖的人背叛了自己，甚至就连与自己血肉相连的亲妹妹都站在了自己的对立面。不过，朴槿惠并没有这些看似难以承受的困难吓倒，而是选择坚强地面对，迎着苦难前进，这也令她迅速地成长起来。

　　巴尔扎克说："苦难发展我们这种非凡的作用，不向暴风雨低头，灾难来了，也能处之泰然。"苦难不仅可以丰富我们的人生，还能让我们积极应对。很多时候，只要再坚持一下，勇敢地面对，最终的结果就会不同。毛毛虫只有经历过痛苦的蜕变才能变成美丽的蝴蝶，人也一样，只有经历过挫折，不断地蜕变，才可以创造出辉煌的事业。不要害怕人生中苦难和挫折，苦难和挫折是一种新生，能够成就更好的自己。

　　曾经有一个女孩对她的父亲抱怨生活，抱怨事事的艰难。她不知道该如何应付生活中的苦难，甚至已经自暴自弃，对于层出不穷的问题感到反感，不知道该怎么办才好。

　　女孩的父亲是一位厨师，父亲把她领进厨房。父亲在三只锅里都放入一些水，然后把锅放在火上烧。不久后，三只锅里的水烧开了。父亲分别在锅里放入胡萝卜、鸡蛋、咖啡豆。

　　女孩有些不耐烦地等着，非常好奇父亲到底想做什么。大约过了20分钟，父亲将火关掉，把鸡蛋、胡萝卜和咖啡分别放到不同的杯子里。做完后，他问女儿："你看见什么了？"

　　女儿有些茫然。于是，父亲就让女孩用手摸摸胡萝卜。她摸了摸，发现胡萝卜变软了。父亲又让女儿打破一只鸡蛋，将鸡蛋的壳剥掉后，女孩看到的是一只煮熟的鸡蛋。最后，父亲让女儿喝一口咖啡。女儿有些怯怯地问道："父亲，这意味着什么？"

　　父亲解释说：胡萝卜、鸡蛋和咖啡豆三个面临的是同样的逆境——煮沸的开水，但是，它们的反应却各不相同。胡萝卜之前是结实的，硬的，但是进入开水后，它就变软了，变弱了；鸡蛋原本是易碎的，但是进入到开水中，它就变坚强了；咖啡豆非常独特，进入到沸水中后，它们也变成了水。

　　"哪个是你呢？"父亲又问女儿，"当逆境找上门来时，你该如何反应？你是胡萝卜，是鸡蛋，还是咖啡豆？"

相信大多数人都是不愿意做胡萝卜的。在人生的旅途中，不可能事事顺心、时时顺心。面对人生旅途中的不如意，我们是否应该像鸡蛋那样，由柔软变得坚强呢？很多时候，狂风暴雨会将我们打得落魄不堪，可是，即便是这样，也不能一面对苦难就变软弱了。我们应该在暴风雨中起舞，勇敢地面对人生中的风风雨雨。只有经历过狂风暴雨的人，才会更加珍惜雨后的宁静。

在日常的工作中、生活中，不如意的事情十有八九。如果只看到不好的一面，忽视背后的东西，那么，只能生活在痛苦中，永远也不会感到快乐。有些人看似坚强，但是遭遇苦难和逆境后却变得非常的软弱；有些人外表柔弱，但是在经历过种种苦难和挫折之后，变得更加坚强；还有些人像咖啡豆一样，不仅没有选择放弃，而且通过改变自己来改变周围的环境，最终散发出诱人的香味。

卡耐基说："人在身处逆境时，适应环境的能力实在惊人。人可以忍受不幸，也可以战胜不幸，因为人有着惊人的潜力，只要立志发挥它，就一定能渡过难关。"当身处逆境的时候，不该怨天尤人，而是应该勇敢地面对逆境，用自己的意志战胜逆境，将逆境转化为顺境。相信自己的潜力，面对苦难的时候，不要抱怨，一直抱怨的人是不会成功的。此外，抱怨还会加深心中的怨念。心中的积怨越来越多，影响的不仅仅是心理健康，还有人生未来的道路。用自己的潜力战胜逆境，最终才会取得成功。

爱默生说："如果在这个世界上必须有苦难存在，那就让它存在吧。但总应该留下一线光明。至少留下一点希望的闪光，以促使人类中较高尚的部分，怀着希望，不停地奋斗，以减轻这种苦难。"苦难的存在是不可避免的，但是有苦难的同时也会存在光明。光明是战胜苦难的法宝。人的心中也要有光明。既然知道苦难不能避免，最好的选择就是用心中的光明战胜苦难，不停地努力，相信最终苦难会过去。三毛说："苦难对我们，成了一种功课，一种教育，你好好的利用了这苦难，就是聪明。"

总而言之，作为女人的我们一定要记住：只有经历苦难，才会变得聪明。苦难是人生中不可缺少的朋友。

奇迹就是多坚持了一会儿

> 母亲早早地离开了我，如今，父亲也走了，我唯一能做的就是，勇敢地站出来面对所遇到的一切，然后，坚持，坚持，再坚持。

当我们累了的时候，感觉自己快要崩溃的时候，不妨告诉自己再坚持一下，因为坚持可以让奇迹产生。人生的变数很多，我们不可能一直让自己活在不断的放弃之中。必要的舍弃是可以的，但是需要坚持下去的时候，就应该咬紧牙关。

2006年8月15日，朴槿惠在参加光复节纪念典礼后回到家的时候，她的执行秘书来告诉她，有一个女大学生在门口等她。这个女大学生在朴槿惠家门口等朴槿惠时，遇到了她的执行秘书。对此，朴槿惠很吃惊。

这名女大学生是檀国大学天安小区的女学生总会会长，为了请朴槿惠到学校演讲已经等了好几个小时了。执行秘书问女学生："你怎么知道代表住的是一般的住宅，而不是公寓？你怎么得到代表的地址的？是怎么找到这里的？"

女学生回答："我是女学生总会会长，我希望在我任期内邀请到朴代表去我们学校演讲。代表是我国首位最具影响力的女性政治人，因此，我十分想亲耳听到她的演讲。但我不知道应该与谁进行联络。倘若打电话肯定不会转达，于是，我就对网络新闻进行了搜索，发现是代表住在三星洞的一般住宅，所以我就来到了三星洞这里的房产中介找。可是问他们，他们谁也不知道。后来，我想尽一切办法才打听到代表的住址。今天是光复节，学校放假，我看见电视上报道代表今天去参加了纪念典礼，因此，我马上跑到这里等，想等着代表回来。"

朴槿惠对女学生的聪明才智与坚持不懈的精神十分佩服，所以她连行程表都没有确认，就直接答应了女学生的请求。

除了这名女大学生，朴槿惠还遇到过不少其他的大学生也是这样，只要下定决心就会毫不犹豫地着手去做，并且坚持不懈地进行努力。不管对待什么事情，他们都用相当积极的态度去面对。

在某个就业博览会上，朴槿惠遇到了一些手里拿着厚厚履历表的求职毕业生，她面带微笑说了一番话："即便没有办法马上就业，我也不会感到挫折，我会继续坚持不懈地进行努力，因为在找到合适工作以前，我本就应该经历这段过程的。"

从朴槿惠对待女学生的态度以及她对求职毕业生所说的这番话我们可以看出，她深深地懂得"坚持"的真谛，而且，她也是这样做的。在从政的道路上，朴槿惠曾经遇到了各种各样的困难，但是她都没有放弃，坚持了下来，最终创造出了奇迹。

有一天，苏格拉底对着他的学生说："今天我们只学一件最简单、最容易的事，每个人把手臂尽量往前伸，然后再用力往后甩。"这位有名的希腊大哲学家为众人亲自示范了一遍，然后对他们说："好了！就这样，从今天开始，每人每天做300下，大家都可以做到吗？"学生们都认为那只是举手之劳，有什么做不到的呢？于是不约而同地点点头。

一个月过去了，苏格拉底问他的学生："原先我要求每人每天甩手300下，有哪些人做到了？请举手。"结果有90%的同学都很骄傲地举起了手，同时还带着胜利者的欢呼。又过了一个月之后，苏格拉底又拿同样的问题问自己的学生，结果坚持下来的学生只剩下80%。一年后，苏格拉底再一次问大家："请你们告诉我，一年前请大家每天做甩手的运动，有多少人坚持到此刻呢？"有的同学几乎忘了这件事，有的人也默默低下了头，觉得有些羞愧。但在此时却有一个人举起了手，他的名字叫柏拉图。

与其他同学相比，柏拉图并没有什么突出的能力，只是不管做什么事情，都会坚持做下去，努力地让自己做到最好。最后，柏拉图成为了希腊另外一位非常著名的哲学家。

正是因为柏拉图知道坚持的力量，所以才可以继苏格拉底之后，成为希腊历史上另一位名满天下的哲学家。其实，为自己的人生设立一个梦想是一件很简单的事情，任何人都能做到。我们也很容易因为短暂的激情而对生活充满期待和信心，并且为之努力奋斗。但是随着时光的消逝，生活终有一天会归于平静，日常繁忙的工作逐渐将我们曾经的那种坚持和追求驱散，而生活也逐渐因为习惯而归于平庸。很多时候，我们缺的是一股意志力，一种坚持，只有透过意志力来激发我们行动的勇气，用坚持来改变一切，生活才会循着我们的设想而顺利发展。

坚持不是因为3分钟的热情而突发的举动，它需要我们长时间地重复一些事情，尽量把一些有益于自己人生的念头与行为变成一种优质的习惯。在自己懈怠或者失去信心的时候，告诫并鼓励自己再坚持一会儿，哪怕是1分钟，甚至几秒钟也好。因为时机就像是彗星的尾巴，它出现的时间只在一瞬间，只有坚持不懈地守候，才可以看到它的出现。

有时候要做到坚持确实很难，但是有句话却说："努力过了就不会后悔。"无论结果是什么样的，至少我们已经尽力尝试了，该坚持的坚持了，该努力的努力了，这样我们的人生也就会少许多的遗憾。其实，要做到坚持是有诀窍的，我们可以看看以下的几个小窍门。

1. 自我催眠，尽量将时间压缩

坚持是一件十分挑战个人耐心的工作，对于性情急躁的人来说，让他坚持无异于自杀。但是，没有一蹴而就的成功，我们想要自己的人生有所改变，生活质量有所提高，就必须耐心地去对待一切。坚持的时间总是漫长而难熬的，当我们觉得自己实在坚持不下去了，那就进行自我催眠，在心理上将坚持的时间压缩。告诉自己时间只过去了一点点，将漫长的时间想象成一瞬间或者几分钟，这样在坚持的时候就不会觉得很辛苦。

2. 自我鼓励，明确坚持的目的

坚持就是胜利，坚持就是力量，这样的话几乎我们每个人都知道，但是很少有人会真正依靠坚持去获得胜利和力量。这也正应了一句老话：说来容易做来难。这个世界上梦想着成功的人很多很多，但是真正成功的却没有几个。当我们觉得自己开始懈怠，厌倦忙碌，无法感受到生活的赠予的时候，就证明我们已经丧失了人生的明确目标，放弃为自己的梦想而坚持了。这时候，不妨自我鼓励一番，主动去想想坚持下去的美好景象。那么，人生也就不会让我们感到很累，而为生活或者其他的原因选择坚持也就不会难以实现了。

3. 将坚持看作人生的一项考验

面对坚持，最积极向上的态度就是将它当成人生的一项考验。人自打来到这个世界上，就注定要经受各种各样的考验。先是为认识这个世界去学很多的知识，随后为了生存而奔波劳累，就算有了丰富的知识、优裕的生活，最后还得为一些其他的事情而劳心。既然人的一生中存在这么多的考验，那么加上坚持这一项也没有什么，充其量也就是九牛一毛。将坚持看作一种考验，不仅可以磨炼我们的身心，而且有助于我们养成坚毅的性格，说不定还会产生意想不到的奇迹呢！

纵观许多名人成功的事迹，他们之所以如此成功，哪一个不是经过长期地奋斗，在坚持不懈中实现自己的人生价值的呢？坚持并不是什么惊天动地的行为，相反，它只有在沉寂之中、平淡之中才可以孕育而出。坚持是淡定的伙伴，只有在平凡生活中不断坚持下去，才能造就非凡的人生，产生奇迹。

让命运因意志而改变

在强者眼中看到的是成功,在弱者眼中看到的是失败。所以,要想成功上位,就以不屈的意志变"不可能"为"可能"吧。

我们都知道,在人的一生之中,将会遇到各种各样的困难与挫折,有些人成功地跨越了那些障碍,成为了令人敬佩的强者,手捧胜利的鲜花,接受人们的赞叹与艳羡;而有些人却栽在了那些"沟沟壑壑"中,成为了令人漠视的弱者,只能躲在角落里,得过且过。

那么,强者与弱者的身上到底有什么区别呢?或者更确切地说,强者为什么强?弱者为什么弱呢?原来,强者的心中拥有坚强的信念,在它的鼓舞下,强者的意识中几乎不存在什么做不了的事;而弱者则不然,弱者的信念不坚定或者根本就没有什么信念,面对同一事物,弱者看到的多是自己的负面,不断暗示自己：我不能！因此，强者与弱者的最终结局才有天壤之别。

朴槿惠的日记中有一篇是这样写的：

"没有人会认为领导者之路是一帆风顺的，何况振兴一个百废待兴的国家。他们的路之所以会那样简单，是因为他们本身就是领导人，要站在最前面披荆斩棘，同时在很多事情上得不到人们的理解与宽谅。

"要是在一片赞誉声中料理国家事务，那该是多么轻松的事情啊！真要是这样，只要具备一定的常识，任何人都可以当领导人。问题是作为一个国家领导人经常要把'不可能'的事情变成'可能'的事情，这就需要不屈不挠的意志与坚忍不拔的毅力。这也就是领导人之路充满艰辛的原因。"

从朴槿惠的日记中我们可以看出，作为一个领导者，尤其是国家的领导者是十分辛苦的。领导者的身上的担子非常重，而要想扛起这些重担并且出色地完成各项任务与责任，没有不屈不挠的意志是不行的。坚强的意志是打开成功之门的金钥匙。

其实，不仅领导者需要坚强的意志，不管什么人，只要你想要拥有精彩的生活、辉煌的明天，你就需要坚强的意志。

汤姆·邓普西天生只有一只右手，并且还是畸形的，以及半只左脚。然而，他的父母经常告诉他："你不需要由于自身的残疾就感到不安，别人能做到的，你也可以做到！"结果，他的确能做到任何健全男孩所能做的事：童子军5公里行走，他做得不比任何人差。后来，他喜欢上了踢橄榄球。而且，他居然发现，他能把球踢得比别的男孩子都远。他请专人为自己定制了一只特殊的鞋子，参加了踢球测验，并且一份得到了冲锋队的合约。然而，面对他的情况，教练十分却婉转地对他说："你的条件并不适合做职业橄榄球员，去试试其他的事业吧。"

　　不过，他并没有因此灰心丧气，经过深思熟虑后，最后他提出了加入新奥尔良圣徒球队的申请，并且向教练提出了给他一次展示的机会。尽管教练心中还是存在一些疑虑，但是看着他如此自信，对他产生了好感，并最终决定将他收下。

　　两个星期之后，教练对他的好感加深了，因为他居然在一次友谊赛中踢出了55码，成功地为球队挣到了分。这促使他获得了踢球的工作，而且在那一赛季当中，他为他的球队挣得了99分。

　　对他来说，他一生中最为重要的比赛来临了。那一天，有66000名球迷前来观看比赛。球停留在28码线上，但是比赛仅仅只剩下几秒钟了。这时球队将把球推进到了45码的线上。

　　教练大声喊道："邓普西，赶紧进场去踢球。"

　　当邓普西进入赛场的时候，他很清楚他的队伍距离得分线有55码远，邓普西全力踢在球身上，球嗖的一声开始笔直向前飞进。这一脚前进。所有球迷都紧张地屏住呼吸观看，球在从球门横杆之上几英寸处越了过去，紧接着裁判将双手举了起来，表示获得了3分，邓普西所在的球队以19：17的成绩获得了胜利。球迷们为此几乎都要疯狂了。邓普西创造出来的奇迹深深地将他们震撼了，不少球迷激动得泪流满面。因为这样一个"极限球"是一个仅仅只有半只左脚的球员踢出来的啊！谈到成功，邓普西说："父母从来没有告诉我，我有什么不能做的。"在邓普西看来，只要具备坚强的意志，任何困难都是可以克服的。

　　从这个故事中，我们能深刻地感受到：拥有如此坚强意志的人，他的生活中根本就不会存在"不可能做到"的事情。拥有坚强意志的人都是十分自信的，站到镜子前的时候，总会说上一句"我很棒，我一定行！"而缺乏坚强意志的人，往往是不自信的，站在镜子前的时候，说得最多的话就是："我可以做到吗？不，我做不到！"

　　我们想要成为什么样的人呢？我们想要自己活得非常精彩，自己的人生异常辉煌吗？如果回答是："Yes！"那么，我们首先要做的事情就是让自己具备坚强的、不屈不挠的意志。要知道，我们的命运因意志而改变！

The Second Gift

气度

不计较，不争吵

爱自己，才会爱别人

爱惜自己、保护自己是人的本能。然而，这个本能还告诉我们作为一个人还要学会爱惜他人、保护他人的本领。一个伟大的人都拥有一个"伟大的自己"，因为他的为己本能照样适用于他人。

我们可能都听过这样一句话："关心别人是一种品质，关爱自己则是一种本能。"事实的确如此，只有懂得关心自己的人，才能够竭尽所能地去关爱别人。倘若一个人连这点本能都丢失了，那么他（她）的生活也就没有什么意义了。人生在世，关爱他人是我们必要的选择。可是，爱别人就应当先有爱别人的能力，这需要一个前提，那就是爱自己。毕竟，一个富有爱心的人不仅可以将温暖与欢乐送给别人，而且还要让自己过得充实而又美好。

在回忆自己的成长历程时，朴槿惠曾经这样说道："对于长期生活在权力保护下，一切都在父母庇护下，像金枝玉叶一样长大的人而言，要想真正地摆脱自己周围的框框，并不是一件容易的事情，这很容易让其陷入真正悲惨的境地。"

朴槿惠认为，那些娇生惯养的人，在失去父母的庇护，或是遭遇大的挫折时，很容易陷入自暴自弃的旋涡中。他们觉得自己的天一下子就塌了，不知道该如何应对，于是选择了自暴自弃。这是一种对自己不负责、不爱惜自己的行为。而这种不懂得爱自己的人，就别指望他们会爱别人了……

是的，一个人倘若连自己都不爱，那么他（她）是没有资格去爱别人的。所以，我们给予别人热情与爱意的时候，也不要忘了给自己一份关心与珍重。当然了，爱自己除了体现在对自己的身体进行呵护之外，更为重要的是对自己的心灵进行关爱。

有一个十分痴情的男孩，好几年一直在苦苦追求一个女孩，可是那个女孩却一直没有答应男孩。有一次，男孩在给女孩打电话的时候，邀请她周末一起出去玩。女孩拒绝了男孩的邀请。结果，他非常伤心，痛哭流涕地对女孩说："倘若没有了你，我在这个世界上活着也没什么意思了。"于是，女孩跟他开玩笑地说道："既然这样，那你就去死吧。"没想到，男孩听到女孩这样说，感到自己的心碎了，也绝望了，回到家后就吃了很多的安眠药。幸运的是，他的家人及时发现了，将他送到了医院。经过医生的抢救，他最终没事了。

实际上，在男孩锲而不舍的追求中，女孩已经逐渐地对男孩产生了好感。女孩之所以没有答应男孩，只是想再对他进行一番考验而已。然而，这件事情发生以后，女孩反而不肯与男孩进一步发展下去了，女孩的解释是："他连自己都不爱，我怎么可能指望着他爱我呢？"

案例中的男孩，也是一个不懂得爱自己的人，这种人没有资格去爱别人。女孩最终拒绝他也是理所当然的。那么，作为女人的我们如何做才算得上是爱自己呢？

1. 不自责

在现实生活中，很多具有高度责任感的女人，总是喜欢很残酷地对自己进行评价。有责任感没有错，但是这并不意味着要十分刻薄地对待自己，不管做什么事情都必须十全十美。倘若一个人习惯了残酷地对自己进行评价，那么她就免不了会妄自菲薄，看轻自己。只要出现了什么问题，她就会埋怨自己。倘若长时间生活在这样的心理状态下，那么，我们的生活就会被摧残得混乱不堪，我们的心灵也会不堪重负的。所以，我们应当摆脱自责，以积极乐观的心态来面对一切。

2. 不急躁

有的时候，尽管忍耐与坚持是痛苦的，但是它们却能够给我们带来很大的好处。忍耐就是不急躁的表现。现代社会喧闹浮躁，不少人根本就无法耐心做事。只要他们的心愿不能立即实现，就会感觉非常痛苦。有的时候，有些人居然连排队或是等待红灯的耐心都没有。这种如此急躁的生活态度，必然会对我们的身心健康产生不良的影响。所以，我们必须将这种遇到事情就急躁难忍的毛病戒掉。

3. 不恐惧

孔圣人曾经说过："智者不惑，仁者不忧，勇者不惧。"这是我们每个人都应当学习的生活精神。不过，非常可惜的是，尽管这句话已经流传了2000多年，但是到现在仍然有很多的人总是喜欢自己吓唬自己，只要有一丁点儿风吹草动就吓得胆战心惊。不管遇到什么事情，他们总喜欢将事情往坏处想。如此一来，势必会对精神以及身体产生不良的影响。

自己吓唬自己的这种生活态度不可取。实际上，世界上根本没有什么事情是值得恐惧的，不过都是人们的心理作用罢了。只要我们能够将这种恐惧心理战胜，那么我们也就战胜了令人恐惧的事情。当然了，对于某些女人而言，要想做到不恐惧，并不是一件容易的事儿。既然这样，我们不如利用思维转换的方法来改变自己的恐惧心理。比如，遇到事情，我们应当尽量往好处想。久而久之，我们的恐惧心理就会褪去了。

4. 多帮助自己

有些人很喜欢给予别人帮助，愿意竭尽全力地为别人排忧解难。然而，当他们自己遭遇挫折或磨难的时候，他们不仅不愿意接受来自别人的帮助，而且还不愿意自救，总是一味地进行逃避。这种处事方式必然会给自己带来很大的危害。要想避免这样的伤害，我们就应当积极主动地走出去，通过寻找他人的帮助或是自我激励来帮助自己。只有我们将自己拯救出来了，才有可能给予别人帮助。因此，帮助自己不仅仅是爱自己，同时也是爱别人的表现。

守住心门，懂得自律

把不住大门免不了窃贼入室行窃，贵重物品随意摆放也免不了引贼人入室。世道越险恶我们越要严于律己，这是防范外界各种诱惑的根本保证。

孔子曾经说过："德不孤，必有邻。"邻，不单单是指邻居，也可以指朋友与亲人。这句话的意思是说，有道德的人必定会有志同道合的人与之相伴，不会感到孤单。从孔子的这句话中我们可以看出：一个人如果想要在社会上生存发展，得到别人的认可与尊重，首先应当具备一定的道德素质。

孔子也说过："从心所欲，不逾矩"，这里的不逾矩指的就是人应该有自律的精神。那么自律指的又是什么？所谓"自律"，指的就是无人监督的情况下，通过自己要求自己，变被动为主动，自觉地遵循一些原则，控制自己的言行举止。换句话说，自律就是一个人意识中的法律，它会告诉我们如何做是正确的，如何做是错误的。一个人拥有越强的自律精神，那么他的道德修养也就会越高。

1998年4月2日，国会议员进行再补选，朴槿惠前往达城郡参选。执政党的候选人占有明显的优势，由于他是达城人，在地方有很扎实的根基，资金储备充足，人脉丰富，一直为执政党看好。从各方面来说，朴槿惠都处于劣势。然而，时不我待，此时不出手更待何时。

朴槿惠很快在达城的花园邑找到了落脚点并处理好了户籍问题，为即将到来的选举活动做准备。最初的活动结果很让人灰心，四处碰壁，与她同去的参谋们对本地的情况也是两眼一抹黑，什么都不了解。屋漏偏逢连夜雨，雪上加霜的事情也接着来了，他们本来寄予一点的希望也破灭了：已卸任的前任大国家党国会议员也对他们退避三舍，表示因为个人因素不能提供任何援助，甚至没有办理大国家党的党员名册交接事宜。更不可思议的是，对手突然接管了原本属于大国家党的达城分部办公室作为他们的选举阵地。

朴槿惠从新闻媒体得知，应该办理交付党员名册的人突然带着计算机玩起了人间蒸发。现在他们连立足之地都没有，这真是令人绝望的事实。他们赶紧找好一间办公室，又找来一台计算机和打印机，三个人就就这样上阵了。与对手相比，他们显得有点儿孤零零的，人手少到引来无数讥笑，他们的耳朵里甚至听到了歧视性的话语，说凡是打领带的人都是那一边的人。

"人家有好礼送，每个邻里都有月历和卡片之类的礼物，还把很多人弄到板门店免费观光，去的人坐满了一整排的游览车，他们的餐厅里也热闹得很，挤满了人。我们眼看快没戏了，你得赶紧想想办法，拿出一个对策来。"

这番话让朴槿惠听了心里堵得慌，如果采取不正当手段搞选举，何苦要走这条路？当初，朴槿惠就决定以光明磊落的胸怀参与竞选活动，于是她表明态度：

"为了将来的伟大事业而参加竞选，本身是一件神圣的事情，如果要用钱来拉选票，等于是侮辱选民。在混浊的政治圈沆瀣一气，绝不是我从政的初衷。我是不会用行贿的方式搞选举的。恰恰相反，我要用真诚去打动选民，争取他们的支持，谁赢谁输现在下结论还为时过早。"

朴槿惠每天坚持不懈为选票辛苦地奔走，最后真的如她之前所说的那样，很多选民被她打动了，纷纷聚拢到她的身边。最终，她在这次选举中脱颖而出，以胜者的姿态站在了国会的发言台上。

朴槿惠在身处劣势的情况，没有轻易放弃心中的道德底线，依然能够做到"自律"，这可不是一件容易的事情。或许正是因为朴槿惠心间存德，懂得自律，最终才感动了民众，征服了民众，同时也收获了成功。

清末时期，有一次，庆亲王奕劻邀请担任湖广总督之职的张之洞前来军机处商议事务。不过，令人感到奇怪的是，张之洞到了军机处门前之后就一直站在那里，不上台阶。不管别人如何邀请或劝说，他也不愿意上台阶。奕劻对此感到十分奇怪："张之洞，你到底在搞什么名堂，直接进来不就行了，难道还非得让我亲自去请你啊？"这个时候，另一个军机大臣——瞿鸿禨明白了这其中的原因，就让其他人到台阶下面与张之洞进行交谈。

原来，当年雍正皇帝在位的时候，曾经亲自御笔榜示内阁：军机重地，有上台阶者处斩。从雍正皇帝到现在的光绪皇帝，已经经过200多年的时间，早就有人将这个规矩打破了。因此，基本上没有人能想起来这件事情，而且即便想起来了也不在乎：那都是老皇历了，当今皇帝与太后也不一定还记得这件事情，根本没有必要再根据雍正朝的规矩来对自己进行要求。然而，张之洞却不同意这样的观点。他认为，既然自己已经知道了这件事情，那么就应当按照规矩来办。所以，不管别人怎么劝说，他都坚决不上台阶。

张之洞是什么样的人呢？他可是清朝末年三大总督之一，是洋务运动的中流砥柱，是慈禧老太后最为信任的一个大臣，是具有在紫禁城中骑马行走之权的人。然而，他却没有因为自己的地位比较高就放松了对自己的要求，反而时时刻刻告诫自己一定要克己慎独。在人心松散、纲纪败坏的清末政坛上，像他这种具有自律精神的人是非常罕见的。张之洞之所以可以获得慈禧的信任以及大臣们的拥护，与他的这种自律的精神有着非常大的关系。

我们在这里讲张之洞的故事并非鼓励人们在做事情的时候墨守成规，不懂变通，而是告诉人们做人就要学会克制自己，约束自己，不可以因为自己的地位比较高，能力比较强，或者财富比较多等就肆意妄为。

一个人不管拥有怎样的社会地位，都应当对自己的道德修养加以重视，都应当时时刻刻约束自己。尤其对于一些权势滔天的人而言，更应当这样。不要觉得你拥有了权势，就拥有了对道德进行践踏的资本与实力。倘若你任性地这样行事，那么不仅会给别人造成伤害，而且也会给自己带来不良的影响。这是一个很简单的道理，也正是由于这个原因，不少拥有很大权势或拥有巨大财富的人在获得了别人渴慕的东西后，不仅没有将对自己的要求放松，反而越发严格地要求自己了。不管到了什么时候，这种精神都不会过时，都值得所有人去学习，这其中自然也包括我们女人了。

我们生活在科技发达、信息发达、自由民主的时代，所以，很多人都在努力地追求自我与自由，这象征着社会的进步。但是，追求自我与自由，并不等于自我放纵。倘若以放纵自己作为前提来追求所谓的自我与自由的话，那么，很多人都极有可能会走向堕落。倘若每个人都在放松对自己的要求的前提下追求所谓的自我与自由的话，那么，我们这个社会不仅不可能进步，反而可能会倒退。所以，越是有条件去追求自我与自由的时候，我们越应该保持自律精神。

我们要懂得在自律中提升自己的道德。自律并不等于所谓的"存天理，灭人欲"，也并非刻意地将自己内心的想法打压。实际上，自律十分简单，我们只需在日常的生活中，多加注意即可。比如，在过马路的时候，我们不要闯红灯；在买票的时候，我们不要插队；在与别人产生矛盾的时候，我们不要轻易地与之吵闹等。当我们将这些行为变成习惯之后，道德修养就随之大大提高了。

做小事也要有大局观

> 一个人没有大局观，将不会有很大的发
> 展；一个国家没有大局观，将不会有所
> 发展。所以，看事观大局，是从政必须
> 学会的基本技能之一。

　　在西方流传着这样一句深有哲理的话：看到一棵树的同时，也要看到树后面的一大片森林。这告诉我们，在看事情的时候，应该要有大局观，不能"一叶障目，不见泰山"。

　　朴槿惠当选党代表后，决心从大局出发，摒除腐败，力挽狂澜，重新树立大国家党的新形象。朴槿惠有一颗坚毅的心，决定要彻底根除滋生腐败的土壤。她表示，大国家党绝不做腐败者的保护伞，不管是什么人，凡涉嫌贪腐的，一旦司法部门介入，即刻停止党权，避免连累党誉。若经法庭判决有罪者，则永远开除党籍，绝不讲一点儿私情。在她励精图治的领导下，一些国会议员、地方自治团体长、广域市议员受到停止党权处分，被处分的议员中有的人与她是至交，私交很好，但是朴槿惠为了国家大局，最终仍然选择了"大义灭亲"。

2006年，她亲自向检察机关检举了两位涉嫌贪腐的中坚党员，把与自己形同家人的同仁告发到了检察机关，这实在是不得已的做法。当天晚上，她因为此事而彻夜难眠，受了一夜痛苦的折磨。但是，她却一点儿也没有后悔，因为这是大局的需要，她决不允许一个国家有蛀虫存在。

从个人的角度来说，朴槿惠并不愿意那些与自己私交甚好的同仁被抓，因为她不想失去同仁的友谊。但是，从国家大局来看，同仁的所作所为是会给国家带来危害的，因此，朴槿惠为了大局着想，最终选择了"舍弃个人感情，成全国家大义"。

有的时候，为了大局，我们可能需要舍弃一些东西或是受些委屈，但是我们必须这样做。有了这样的觉悟，我们才能顺利地解决问题，成就一番大业。

冯玉祥在担任旅长职务期间，有一次，率领大军驻防四川的顺庆地区，并和一支"友军"发生了冲突。这支"友军"的将领非常骄傲，兵士十分懒惰，为了挑起和冯玉祥所统率的部队的冲突，把冯部从驻地赶出去，就想出了这样一个花招：长官都穿上黑花缎的马褂，蓝花缎的袍子，在大街上来来回回地走动，就好像当地的富家公子一样到处显摆。

有一天，冯玉祥手下的士兵来报："我们的士兵在街上规规矩矩地买东西，他们看到我们穿得不是很好，就骂我们是孙子兵。"冯玉祥看了看自己所穿的灰布袄，心中也是一阵恼怒，但是为了大局着想，就说道："让他们骂吧，有什么可生气的。这正表现出了他们的堕落腐化，不知羞耻。"

为了防止出什么乱子，冯玉祥马上将全体官兵都召集起来，进行训话："刚才有士兵来禀报，说第四混成旅的兵士骂我们为'孙子兵'，我听说大家对此非常生气，但是我倒是认为他们骂得不错。根据历史的关系来说，他们的旅长当过20镇的协统，我是从20镇中出来的，你们又都是我的学生，这样算起来，你们确实比人家矮两辈。他们称你们为'孙子兵'也不为过。再拿这身衣服来说，绸子的儿子为缎子，缎子的儿子为布，如今，他们穿的衣服为绸子，而我们穿的衣服为布，所以，他们称呼我们为'孙子兵'，不也没什么错吗？不过，话虽然是这样说的，但是，如果有一天真正到了战场上，那个时候才能真正地看出来到底谁是爷爷，谁是孙子！"

不管是谁，被他人骂作孙子，都会感觉不好受。但是，冯玉祥并没有因为让内心的愤怒将头脑冲昏，而采取了克制与忍耐的做法。面对"友军"的无礼挑衅，他选择了息事宁人。他之所以会做这样做，并非承认自己就是"孙子"，而是从大局出现，觉得完全没有必要在这种小事上与对方争个你死我活。倘若为了一时的口舌之争而轻易地使用武力，那么一定会给自己造成更大的麻烦，也势必会对长远的利益造成不良影响。正是基于这一点，冯玉祥才选择了暂时的退让。

作为女人我们一定要记住：不管做什么事情，都必须从大局出发，绝对不能因为一时一事而丧失理智。不过，如果想要做到这点，我们就应当在"忍"字上下苦功。宋代著名的文学家——苏东坡曾经说过："君子之所以取远者，则必有所持。所就大者，则必有所忍。""忍"并不等于逆来顺受，也并非心甘情愿地接受他人的凌辱，而是为了大局而积蓄力量的一种方法。倘若一个人在为人处世上没有大局观，只知道争上风，不能受一点儿气，不愿意吃一点儿亏，那么他就肯定会被他人利用，也必定不会有大的作为。

临危不惧，处变不惊

国家发展需要与时俱进。如果一个国家的执政党跟不上时代，那么这个国家就不要再期望什么发展了。

即使处在相同的环境中，拥有同等能力与同等学历的人也可能会有不一样的结局。有的人一举成名，在事业与爱情上获得成功；而有的人却自甘平庸，生活在社会的最底层，甚至还有可能被淘汰出局。难道这都是命运的捉弄吗？答案是：NO！导致这一结果最为关键的原因就是一个人是不是愿意去适应新的环境，是不是愿意与时俱进。

2005年1月17日，朴槿惠前往江原道的东海、太白、道溪等地方。此行的使命与民生有关：深入一线了解煤矿工人的生存状态，并与患有尘肺病的患者见面。秘书室按照惯例事先通知煤矿方面，请对方安排朴槿惠一行人进入巷道，直接到矿工们的工作场所体验矿工的实际情况，不料对方给了一个令人大跌眼镜的答复："女人禁止入内。"

朴槿惠对此大惑不解，现在都已经是21世纪了，居然还有女人不得进入的地方！原来，矿井是一个十分危险的工作场所，而女性自古以来都是一个被歧视的群体，虽然人们早已经提倡并承认男女平等，但是很多人还是觉得女性是弱小的，所以才有了这样的禁区。

朴槿惠认为，时代在快速发展，女性也在不断地成长进步。现在的女性并不比男人差，男人能做的事情，女人也一样可以做，更何况"不入虎穴，焉得虎子"。如果只到矿井口走马观花看一眼，这算什么了解煤矿地区的实际情况？没有进入现场实地考察，怎么能知道煤矿工人的工作环境和他们的痛苦呢？因此，朴槿惠坚持要进去。

其实，这样的情况，朴槿惠不仅仅遭遇过一次。在她刚踏入政界时，遇到的第一个障碍便是保留一席职位给女性副总裁，这是她决定参选时出现的带有歧视含义的不平等情况，他们把女人看成弱者，无法与男性公平竞争参与竞选，便给了一个被看作摆设的位置：有职无权，不得行使施政方针。在人们的观念中，女人只要规规矩矩担任好指定职务，配合好党内指导部即可，不可造次。但是朴槿惠打破了传统观念，拒绝了指定位置，不做指导部的配角，最后脱颖而出当选为副总裁。

朴槿惠用实际行动告诉人们，现代的女性也随着时代在成长，早已经与男人一样可以独当一面。人们应当与时俱进，从根本上接受"男女平等"的观念，即便是在政界，女人也一点儿不比男人差。

A工厂与B工厂都是做皮包生意的，刚开始的时候，这两个工厂所制作出来的皮包都以简单实用为主，并且销量也十分好，因此，这两个工厂快速地成长起来，并且逐渐地成为产销一体化的连锁性公司。

不过，随着时间的不断发展，A公司仍然以良好的态势继续发展，而B公司的发展则停步不前，甚至有些倒退。原来，因为时代在不断地发生变化，单纯生产简单实用的皮包，已经远远不能满足市场发展的需求了。A公司积极主动地顺应时势，在生产简单实用皮包的同时，努力开发生产各种具有时尚品位的皮包。而B公司则比较守旧，不愿意改变，认为不管到什么时候，简单实用都应该是主流。

于是，A公司与B公司的发展方向出现了极大的偏差。A公司发展得越来越红火，而B公司的效益则一落万丈，几乎到了要倒闭的地步……

随着时代的不断发展，人们对于皮包的审美与需求也发生了很大的改变，如果不能跟上时代的发展，积极地进行改变，那么等待自己的必然是被淘汰的命运，就像B公司一样。

英国生物学家达尔文与他的进化论，想必大家都不陌生。在进化论中，达尔文为我们揭示了一个真理，那就是"物竞天择，适者生存"。其中的"天"，指的就是发生变化了的时代与环境。一个人若想在社会中更好地生存下去，那么就应当积极主动对进行自我更新，利用与时俱进的思想来指导自己的行为处事。唯有更新了自己，才可以促使自己的能力得以提高；唯有适应了环境的发展，才可以让自己过得更好。倘若你适应不了社会与环境的发展，那么你最终只能被淘汰。要知道，环境法则与社会法则并非为你一人所设立的，不管你有多么大的能力，都不可能将它改变。因此，你唯一可以做的就是积极主动地改变自己，从而去适应它。

倘若你想要自己的明天更好一点儿，那么就你应当像水一样生活。水没有固定的形状，你将它放入桶中，它就成了圆柱形；你将它放入箱中，它就成了方形。这就是它最为可贵的地方——随势而变，不断地对自己进行调整，不断地改变自己，主动跟上时代的发展，适应已经有所变化的现实。正因为这样，水才成为了永恒的东西。倘若我们可以像水一样，做到随势而变，那么，不管是在爱情，还是生活，抑或是事业中，我们都将立于不败之地。

平和之人总会更受欢迎

> 不管我们身居何位，只有具备良好的人民才能真正发挥应有的作用。

"和"是什么呢？"和"是宽容精神的一种体现，是理性文明的一种象征。和谐的人际关系也好，和谐的社会环境也罢，对于人类的生存与发展都有着非常重要的作用。倘若没有了"和"，那么这个世界就会变得十分混乱，无法安定。

2005年，韩日建交40年，两国共同宣布了当年为"韩日友好之年"。然而，讽刺的是，当时韩日之间的关系却是建交以来最为恶劣的。

日本领导者们口无遮拦，独岛问题、小泉首相参拜靖国神社、教科书的问题以及慰安妇等问题，使得韩国人民的情绪相当激动，两国将最高领导人之间的对话都断绝了。

　　2005年11月，在釜山举行的亚太经济合作组织峰会上，韩日两国最高领导人见面之后只是带着各自的情绪随便聊了几句。就这样，精心准备的会谈，居然只持续了20分钟左右就结束了。

　　在这种情况下，前往日本访问是一个相当艰巨的任务，一不小心出了错就有可能被攻击，甚至还有可能会威胁到自己的生命安全。所以，韩国的政治人物谁也不愿意在此时到日本做任何的事情。但是，朴槿惠却认为，两国相交应该以"和"为贵。虽然韩日关系恶化的原因是日本的过错，但是像朝鲜核武器等问题，就必须韩日两国一起努力才能将问题解决。所以，她决定前往日本进行访问。只有这样，韩日两国才能承诺共同的未来。

　　朴槿惠在访问日本期间，多次与小泉首相进行会谈，一起讨论了很多问题。尽管不是每个问题都得到了解决，但是却实实在在地让韩日两国的关系有了很大的改善，达到了她想要的"和"的目的。

　　自古以来，人类就经常为了国界、宗教、种族、主权、经济利益、思想、语言、家庭、财产以及情感等诸多原因而发生冲突，更有甚者还可能会上演"争地以战，杀人盈野；争城以战，杀人盈城"的悲惨剧目。这样的惨剧不单单出现在历史的画卷中，也在当下频频亮相。因此，为了纠正人们浮躁、暴怒、偏执的心态，维护人与人、国与国之间的友好关系，中国领导人提出了"和谐"的思想。

　　人与人间的关系不能失去"和"这个重要的基础。我们可以将"和"称为人际关系的润滑剂、生活的芳香剂。在人们产生分歧，出现矛盾的时候，"和"可以作为一项最为基本的原则，也可以扮演调停人的角色将令人感觉困扰、难堪的局面化解。因此，当我们因为某事而与别人吵得不可开交时，应当尽可能地要让自己静下心来，然后用一种平和的心态去与对方商量解决方案，尽一切可能争取获得双方都满意的结果。要知道，别人表现出与自己不同的意见是十分正常的，只要我们本着"以和为贵，宽心包容"的心态，就可以有效地将双方间的矛盾解决，最终实现共赢。

战国时期，廉颇是赵国的一员大将。他为赵国的稳定与发展做出了巨大的贡献，在南征北战当中立下了数不清的功劳，成为了赵国人人敬仰的大将军。后来，他发现朝中有一个名叫蔺相如的人，这个人没有在战场上立下尺寸之功，仅仅凭借嘴上功夫就成为了上卿。对此，廉颇心怀不满与愤怒。他认为自己几次出生入死，在外浴血奋战才获得了一个将军的职务，而蔺相如只不过作为使者去了几趟秦国就爬上了现在的高位，这太不公平了！为了发泄心中的愤怒与不甘，廉颇就四处宣扬自己一定要给蔺相如难堪，让他受些侮辱。

蔺相如知道此事后，就尽可能地躲着廉颇，担心两个人见面后会因为争吵而伤了和气。看到蔺相如总是躲着自己，不敢相见，廉颇非常得意，认为蔺相如是害怕他才会这样做的。为此，蔺相如的下属十分愤怒，他们不知道蔺相如为何如此畏惧廉颇，于是就去询问原因。

蔺相如是这样向他们解释的："我并非害怕廉颇将军的羞辱，更不是畏惧廉颇将军让我在大家面前难堪。我个人的荣辱根本不算什么，关键是秦国人现在都盼着我们的将与相发生冲突，出现矛盾，这样我们国家的内部就会出乱子。如果我和廉颇将军每天都互相仇视，谁也不服谁，或者互相拆台，那么必然会使我们国家的元气有所损伤，这就会给秦国制造侵犯我们疆土的机会。为了赵国的长治久安，我才不得不采取回避的对策，尽可能地不与廉颇将军发生正面冲突。"

廉颇听说蔺相如的这番话后，对自己的行为感到十分惭愧。于是，他就背着荆杖到蔺相如的府上请罪。从此之后，廉颇与蔺相如两个人齐心协力，一起维护着赵国的繁荣和安全。

这个"将相和"的故事之所以能流传千古，成为美谈，最重要的原因就在于人们认识到了"和"的可贵，使得"二人同心，其利断金"。

先学做人之理，再学为事之智

> 人类以良心作为纽带与上帝连接在一起。换句话说良心是人类连接上帝的纽带。可悲的是不少人自行切断这条纽带，变成一只迷途的羔羊徘徊在人生十字路口上。

孔子曾经说过这样一句话："如有周公之才之美，使骄直吝，其余不足观也已。"这句话的意思为：一个人即便拥有周公那样杰出的才能，但是如果他既骄傲又贪鄙，那么他的其他方面就失去了"一看"的价值了。孔子最崇拜周公，周公是周文王的儿子、周武王的弟弟。周武王死了之后，周公协助周成王治理江山，创建了不朽的功业。此外，周公还创立了礼乐制度，成为了礼乐文化的创始人。所以，儒家一直将周公视为圣人。孔子在这句话中以"周公之才"来喻人，是对于一个人才能的巨大肯定，但是倘若这个人道德修养不好，那么，孔子一样会瞧不起他。由此可以看出，孔子对于道德修养是多么的重视。

有一天，一位议员找到参加竞选的朴槿惠。两个人聊了很久后，那位议员问朴槿惠："您的选举经费有多少？"朴槿惠回答："没有经费。"

议员非常惊讶地说道："什么？至少应该有基本费用才行啊，总得让助选员们吃饭吧？"

朴槿惠答："我的全部财产只有我住的那间房子与几千万韩元罢了。倘若需要我动用现金，我会去试着筹一下，筹到法定限额数量的钱。"

尽管从大国家党那边可以获得最基本的支持，不过议员询问的是作为候选人的朴槿惠打算拿出多少钱来竞选。但是，朴槿惠却说她没有其他的财产了。在朴槿惠看来，倘若必须用钱买票才能胜选，那么她竞选一百次也一定会输的。因此，朴槿惠并没有打算走"用钱买票"这条路，而且这也与她做人的原则相悖。所以，她只筹集了一千五百万韩元，相较于他人的经费差得可不是一点半点。

因为资金短缺，朴槿惠与助选员不能去餐厅吃饭，只能自己煮着吃。选举活动正式启动后，朴槿惠每天就是这么过来的。为了能够争取更多的选票，朴槿惠决心用真诚与行动打动选民，所以，朴槿惠每天都要花费大量的时间去拜票，走遍了大街小巷，还因此被人称为可怕的拜票团。但是，朴槿惠却依然在坚持。清晨出门，朴槿惠的腰上就系着计步器，一直走到晚上。通常，朴槿惠一天会走大约十万步，不停地走访选区内大大小小的地方。在参加竞选期间，朴槿惠不知道走坏了几双皮鞋，每天晚上双脚总是红肿不堪，但是朴槿惠却仍然咬着牙坚持着。

后来，消息传出来了，越来越多的人知道朴槿惠虽然没有钱但却坚持苦战到底，朴槿惠的真诚与决心逐渐地打动了越来越多人的心，因此越来越多的选民开始支持她……

在韩国的各项选举中，有很多人在竞选的过程中，都会违背道德，用金钱购买选票，以便自己能够在竞选中获胜。但是，朴槿惠却没有做这些，而是选择用真诚与实际行动打动选民。朴槿惠之所以没有让铜臭污染了神圣的竞选，一部分原因是朴槿惠手中真的没有太多的金钱，但是更重要的原因是，朴槿惠懂得"做事先做人"的道理，严格地遵守心中的道德底线。于是，她高尚的道德与修养也得到了回报——越来越多的选民开始支持朴槿惠。从这件事情上来看，我们不得不承认，朴槿惠是一个道德高尚的人，一个非常聪明的女人。

我们想要做生活中的智者吗？如果我们的答案是肯定的，那么除了需要学习文化知识以及各种技术技能之外，我们还应当高度重视自己的道德修养。倘若只对技术能力加以重视的话，那么就会犯下"本末倒置"的错误。到最后，不管你有多么出众的才华，都免不了成为人们唾弃的对象。所以，我们应当先学做人的道理，然后再学为事的智谋。也就是说，做事之前先学要会做人。

在美国，一所私立的学校在开学的第一天，校长就给了所有教师一封相同的信。

亲爱的教师们：

我是集中营中的一名幸存者，我目睹了普通人看不到的事情：有学识的工程师建造了毒气室，受过教育的医生毒死了孩子，训练有素的护士谋杀了婴儿，受过高中或者大学教育的毕业生射杀了妇女与孩童，因此我对教育表示怀疑。

我对你们的请求是：希望你们能够教育并帮助学生做一个有人性的人，千万不要利用你们的辛苦劳动去培养并孕育出拥有渊博学识的怪兽，身怀各类绝技的疯子，抑或是受过高等教育的纳粹。

学习各类科学文化知识是为了让社会快速地发展，而不是为了和整个人类为敌。然而，可惜的是，有些科学家们却没有重视道德的修养，最后犯下了滔天大罪。这非常值得那些只看重才华能力而不重视道德修养的人深思。

俗话说得好："有德有才是正品，有德无才是半成品，有才无德是危险品，无德无才是废品。"为了不让自己称为对人类有害的危险品，我们在学习"为事之智"以前，应当先学习"做人之理"！

务必做一个"靠谱"的人

对于一个诚实守信、有教养、正直的人，人们会
很放心将事情交付于他，认为他肯定能够完成，
也会非常希望跟他做朋友。

我们应该都听过这样一句话："诚信是立人之本，处世之
道。"的确如此，诚信对于我们的人生有着很大的影响，所以
请你与诚信订立一个契约，做一个诚实守信的人吧。这样，我
们的人生之路就会越走越宽，越走越顺利。

诚信是人际关系中最为重要的一样品质。如果一个人讲信
用、重诺言、待人真诚，那么他就会因此而获得别人的信赖。
这不仅有助于他事业的成功，而且在生活中他也会活得轻松快
乐。和诚信订立一个契约，做一个诚实守信的人，是我们获得
美好生活的保证，当然，诚信也可以让我们知晓生命的意义到
底是什么。

朴槿惠的母亲陆英修从小就教育朴槿惠："诚信是一个人自立的根本，不管你以后从政，还是从商，抑或从事其他行业，都一定要做个诚实守信之人。这样，你才有可能做出一番大事业。要知道，满口谎言，不守承诺之人，是不可能做出什么成就的，同时也是被人唾弃的。"

朴槿惠牢记母亲的教导，并且非常认真谨慎地执行。在她的人生中，她一直秉持"以诚信为本"的原则，真诚地对待每一个人，同时信守每一个承诺。在从政之后，她也曾经向民众做出了些许承诺，并且坚守承诺，竭尽所能地使其实现。正是由于此优良的品格，她逐渐地得到了民众的认可与支持。

环顾四周，我们可以发现，欺骗和虚假大量存在于日常生活中：我们去集市上买菜的时候，有的卖家为了赚更多的钱，胡乱要价，缺斤短两；我们去买衣服，店主喊出的价格可能是成本价的好多倍，即使我们全力讲价，但是最后还是付出了成本价的数倍才得到了衣服。

但是我们始终应该记住一句话："人在做，天在看。"虚假的东西都是不会长久的，命运对每个人都是宽容而苛刻的。那些将诚信弃如敝屣，全然不当一回事的人，最终也会因为失去诚信而身败名裂，甚至赔上一切。

任你再聪明、再狡猾，失去了信誉，迟早会受到惩罚。所以我们做任何事情的时候，千万不要让自己成为一个不讲信誉的人。生活中爱贪小便宜的人何其多，虽然我们无法改变这些人，但是至少我们可以让自己变成与他们不同的人。失去诚信的人，终究会自食其果。

虽然诚信是无形的，看不见摸不着，感觉上似乎无足轻重，但它却是一种巨大的生产力，是获得成功的动力，可以使我们从无到有，收获丰硕的果实。讲诚信可以让一个人改变自己的命运，成为受上天眷顾的幸运儿。

有一个顾客走进了一家汽车维修店，他自称是某运输公司的汽车司机。他对店主说："我们急需一批备用的轮胎，你不要担心价格，绝对是最高的！"但是店主却告诉顾客，说自己很抱歉，因为店里已经没有轮胎了。顾客指着不远处一堆码放得十分整齐的轮胎说："那里不是有很多吗？你为什么骗我说没有了呢？"店主告诉他，那是一位顾客已经订下的，很快就来取，所以他不能将轮胎卖给他。顾客有点急了，他说道："他这不是还没有来取吗？只要你把东西给我，我出高于他一倍的价格！"店主还是摇摇头。顾客火了，对着店主嚷道："我还没见过你这种有钱不赚的傻子，现如今你还讲什么诚信啊？"店主一听立马也火了，他要那个顾客马上离开，到别处谈生意去。

谁知这时候顾客却露出了微笑并满怀敬佩地握住店主的手说："我其实就是那个订购了轮胎的客户。我有一家很大的运输公司，一直在寻找一个固定的、信得过的维修店。看到了你刚才的表现，我确定你就是我要找的合作伙伴，请原谅我刚才的失礼！"

面对诱惑不为所动、淡定自然，那么这个人所表现出来的就是一种高尚的道德修养，是一种闪光的品格——诚信。汽车维修店的老板以自己的诚信获得了合作的伙伴，他放弃到手的诱惑，却得到了更多的收获。

生活中各种各样的诱惑何其多，在一些华丽表象的遮盖下，它们就像一张张巨口，无时无刻不在准备着吞噬那些经受不住诱惑，失去诚信的人。所以，"人无信不立"，生活需要我们讲诚信，和诚信订立一个契约，在淡定中发掘生命的意义，云淡风轻之处，我们自然可以在平凡生活中寻到别样的人生。

不要总吃亏，也不要总不吃亏

爱吃亏的人其实吃不了亏，在利益得失面前，保持淡泊的心境。因此，吃亏又是一种豁达的胸襟，是一种大气的涵养，会让我们生活得更加轻松，淡然。

随着社会的发展，现代人的观念也在改变。女士们也都知道，在如今这个重利的时代，"我绝不能吃一点亏"成了许多人坚信的理念。于情于理，于公于私，追求个人利益的最大化都没有什么过错。但是，如果一个人把自己的心思都放在追逐名利上，绞尽脑汁地多占便宜、避免吃亏，就能找到幸福走向成功吗？恐怕不一定。

朴槿惠在她的日记中这样写道：

"在生活中，我们往往会遇到一些不愿意吃一丁点儿的亏，却总想着占所有便宜的小人，而这些人早晚会发生因小失大的悲剧。敢于接受人生10%损失的人，最终可以赢得90%，而那些连1%都不肯舍弃的人或许会将100%都丢掉。

"有些人总是过于在乎自己是否吃亏，甚至会为了不吃那一丁点儿的亏而伤害友情与爱情，我想这是再愚蠢不过的行为了。丢掉了友情与爱情，他还会剩下什么东西呢？时刻关心身边的人，努力地不给别人任何心灵的创伤，这可比什么都重要。然而，非常遗憾的是，有些人就是为了不吃那区区1%的亏而去伤害曾经竭尽全力帮助过自己的人，最终导致双方反目成为了仇人。这不得不说是人间的悲哀啊。"

其实，聪明的人能够在吃亏中学到人生的智慧。

一个人如果能够认识到"吃亏是福"，那就说明他到达了一种非常高的思想境界。这种人的眼光非常长远，他不会在乎一时一刻的得失，这种表现其实是一种大智若愚。表面吃亏，其实却在暗中受益。如此看来，吃亏其实是一种隐性的投资。

一家装潢典雅的小餐馆里，生意清冷。正是中午吃饭的时间，本该是生意兴隆的时候，可是这家饭馆里四下无人，只有饭店的老板娘正在靠窗的一张桌子边无精打采地出神发呆，内心经受着苦闷煎熬。

餐馆原来是属于老板娘的一位好朋友的，因为环境优美、饭菜可口又廉价，每天都门庭若市。后来朋友的丈夫被调到了外地去工作，无奈只能把这家店盘给了她。

她是一个精打细算的人，为了赚取更多的利润，稍稍调高了菜价；供货商送来的材料，她也会重新检查重量，并且非常挑剔，总是嫌人家的材料不好；对店里的员工，她也是异常严苛，经常以各种理由克扣薪水；对客人，她也从不会让一分半毫的利。

时间久了，先前的几个供货商纷纷与她解除了供应关系，厨师和服务员也是换了一批又一批，以致于餐馆的菜色经常更换，也无法推出特色菜品。慢慢地，店里的客人越来越少，几乎没有回头客，最终落到今天门可罗雀的地步。

同样是做餐饮生意的程鹏，却把自己的餐厅经营得风风火火，我们来看看他是怎么做的。

2008年在全球金融风暴的影响下，几乎所有行业都受到了冲击，餐饮行业也不例外，几乎全都逃脱不了生意萧条的厄运。一些商家为解决危机，推出各种优惠促销的方法，但多是只是吸引人消费的幌子而已，空头支票，难以实现。

程鹏同样选择了用优惠措施来招揽生意的办法："吃多少，送多少"，也就是说消费了多少，就送同等价位的代金券，代金券可以在规定时间内用于下次消费，也可以用于在餐厅附属超市购物，并保证不要求顾客分次按比例使用代金券，还承诺超市商品的价位绝对不会高于与其他超市。也就是说，如果一位顾客在餐厅消费了2000元，那么他几乎可以同时再抱走一台21寸的彩电了。这样实实在在的优惠，使程鹏的餐厅在金融风暴席卷期间也没有冷清过。

朋友们都说程鹏这么做明摆着在吃亏，这样的亏本买卖怎么能长久呢？其实，程鹏这样做是有他的道理的，他自己算过一笔账：一桌酒席的净利润大概是60%~70%，海鲜的利润更大，而餐厅附属超市里的大件商品几乎都是他联系一些经营滞销产品的朋友低价买入的，比如一台21寸彩电他最多用800元就可以买进，而市场价格是2000元。也就是说，顾客消费2000元后，可以在附属超市买一台彩电标价2000元的彩电，餐厅和超市支出的成本分别是800元和700元，这样一算净利润就是500元，看似利润大打折扣，但顾客得到了实惠，就使得生意兴隆。薄利多销，程鹏的做法不但没有赔，反而还赚得了更多的利润。

虽然说做生意就是为了赚钱，但是斤斤计较，处处严苛不苟只会让原本红火的生意日渐惨淡。处处维护自身利益，时时高高在上，必将众叛亲离、孤立无援。而程鹏的成功则证明了在竞争激烈的商场，恰到好处地吃一点儿亏，不但可以推销自己的产品，还有可能获得意想不到的收获。

人们总说"吃亏是福"。吃亏其实是一种聪明人的大智慧，较之一味地锋芒毕露、分毫必争的强势行为更暗藏深意，更具有张力和可能性，也更具有广阔的空间。在现代社会激烈的竞争中，能够像"傻瓜"一样吃亏的人，往往会是那个能在最后超越现状，出奇制胜的人。因此，只有不怕吃亏、爱吃亏的人，才能获得别人对自己的信赖，才能得人心，才能赢得精彩。

因此，不管是在生活中还是在工作中，不要再斤斤计较了，不要再因为自己吃了一丁点儿的小亏而不依不饶了，不要再因为丢失了一丁点儿的小利益而闹得不可开交了。能吃亏是一种福气，敢于吃亏、善于吃亏的人，终将得到丰厚的回报！

The Third Gift

气场

气场的秘密

让气场由内而外迸发

真正使女人变美丽的，恐怕就是坦率的语言、端正的举止以及贤淑的心灵。

优雅是什么？你全身上下都穿着名牌，就是一名优雅的女性吗？很显然，答案是否定的。优雅的女性只穿着普通的衣衫，也能显示出独特的气质来。她们的一举一动，甚至是一个眼神都能令人不自觉地着迷。现在，我们一起来看关于朴槿惠的一段生活记录吧。

朴槿惠穿着普通的衣衫，从公交车上下来，随意地走在路上，脚步轻盈，尽情享受着春天悠闲的气息。朴槿惠优雅的气质让从她身边路过的人眼前一亮，不自觉地回头再看她一眼。朴槿惠面带微笑地欣赏着路上行人的打扮，看着很多人都穿着当时最流行的喇叭裤、迷你裙，朴槿惠觉得这就是一种享受，她的脸上挂着恬淡而满足的微笑。

　　走着走着，朴槿惠发现路旁有一个咖啡馆，温暖的阳光从大大的窗户照进去，显得非常温馨。于是，朴槿惠推开门走了进去，并且找了一个靠窗的位置坐下。咖啡厅中正放着莫扎特的音乐，气氛宁静而又慵懒。朴槿惠点了一杯咖啡之后，就开始非常享受地凝望路上来来往往的行人。她的对面坐着一个貌似学生的男孩正在看书。那个男孩抬头看了看她，可能被她的气质吸引了，看了她好一会儿。朴槿惠十分礼貌地冲对方点头微笑，对方也回了她一个微笑……

　　优雅女人的气质就好像青翠的竹子，不仅亭亭玉立，而且高贵脱俗，即便穿着普通，人们也可以从她简单而质朴的外表上将那种感觉捕捉到。优雅的女人应该有丰富的内涵与文化底蕴，这就是除去外表装饰后的境界。

　　在一次权威性的世界文学论坛会上，有一个小姐非常优雅地坐在自己的座位上。她并没有因为自己被邀请到了这样一个高级的场合而表现出十分激动的样子，也没有因为自己取得的成功而四处进行处招摇，而是表现出了一种不同于他人的高贵气质。她安静地坐着，偶尔也与旁边的人就写作的经验进行交流。更多的时候，她都是在认真而仔细地对身边的人进行观察。这个时候，有一位来自匈牙利的作家走到她的身边，问道："美丽的小姐，请问你也是一名作家吗？"小姐非常亲切而随和地回答道："我应该算是吧。"匈牙利作家接着询问道："哦，那么，你都写过一些什么样的作品呢？"小姐微微一笑，非常谦虚地回答道："我仅仅写过小说罢了，并没有写过别的东西。"

　　匈牙利作家听了之后，顿有表现出一副十分骄傲的神情，并且一点儿也不掩饰自己内心的优越感："我也是写小说的，到现在为止已经写了三四十部，不少人都认为我写得非常好，也有很多读者给予了好评。"说到这里，他又问道，"你也是写小说的，那么，你到现在为止写了多少部小说了？"小姐仍然十分随和地回答道："与你相比，我可就差远了，我仅仅只写过一部小说罢了。"

此时，匈牙利作家就更得意了："你才写了一部呀，我们交流交流写作经验吧。对了，你说说你所写的小说的名字，看我能否为你提一点儿意见与建议。"小姐还是很和气地说道："我写的那部小说，名字是《飘》，后来，拍成电影的时候，将名字改成了《乱世佳人》，不知道你有没有听说过这部小说？"听到这里，那位匈牙利作家顿时感到万分羞愧，原来，她就是赫赫有名的玛格丽特·米歇尔。

由此可以看出，优雅并非天生就有的，也不是凭借夸夸其谈就能获得的。优雅是一种气韵，是一种坚持，同时也是一种时间的考验。从一个女人所表现出来的优雅举止中，可以看见一种文化教养，会令人感觉赏心悦目。

优雅是一种来源于丰富的内心、智慧以及博爱的感觉，这种感觉还是一种理性与感性的完美结合。一个长相美丽的女人不一定优雅，但是优雅的女人却必定会是"美丽"的。因为她的知识与智慧令人信任，她的细腻和关爱令人依赖。人们可以从她那充满韵味的举手投足以及一颦一笑中体会到她身上的那种智慧、细腻与关爱。

女性对美的独特见解与追求也是一种优雅。如果整天不修边幅、衣冠杂乱，那么不管怎样也与优雅沾不上边。因此，凡是优雅的女人，其着装必然是富有格调却不甚张扬的，那种感觉就好像是安静地倾听苏格兰风笛，十分幽远而又沁人心脾。

想要成为优雅的女人吗？那么你们需要清楚下面的10个生活小细节：

第一，并不是所有的人都需要穿名牌。与其用名牌将自己装扮成

"圣诞树"，还不如选择简单得体的衣着。

第二，走路应该轻一点儿，步子应该慢一点儿，鞋跟不能拖地，上楼梯的时候尽可能轻一点儿。

第三，化妆注意适可而止。倘若你不是十五六岁的小女孩，还是少用那些艳丽色彩为好。

第四，语速应当快慢适度。遇到事情就表现出一副急匆匆的样子，那是非常难看的。当然了，如果说话太慢了，也是令人厌烦的。

第五，在出门之前，应该将手指甲、脚趾甲以及脚后跟修理整齐，因为这些小细节往往会将你的生活侧面暴露出来。

第六，在用餐的时候，应当懂得基本的餐桌礼仪，比如，喝汤的时候不要随意出声。

第七，在上车之前，应该尽可能地将自己的裙子整理好，以便防止走光。坐下的时候，应当双膝并拢，收紧下摆，后背保持挺直。

第八，不要胡乱地将垃圾丢弃。即便心情再不好，也不要拿公共场所的物品出气。

第九，每时每刻都让自己感觉轻松，这样，优雅的姿势才会让人觉得十分自然。

第十，学会微笑。随时微笑，真诚地为他人喝彩。

女人应当优雅地活着，即便自己已经不再年轻，那也要优雅地老去。一个人的优雅与其年龄大小以及钱财多少并没有太大的关系，最为关键的是心态以及对生活的态度。请优雅地活着，即便非常穷或者一无所有，也要优雅地守护着这种清贫。

优雅的女人好似一本书，文墨飘香，令人百读不厌；优雅的女人好似一杯茶，清逸淡雅，令人回味无穷。当一个女人身上的优雅成为自然的气质时，这位女性必定会显得温柔而成熟。

用微笑面对每个人

> 不管什么时候，我都会用微笑面对每一个人，即便我正在承受失去父母的痛苦中。

美国作家奥格·曼狄诺曾经说过："微笑可以带来黄金。"世界上最伟大的推销员乔·吉拉德曾经说过："当你微笑时，整个世界都在笑。一脸苦相没有人愿意理睬你。"

其实，不管我们身在何处，从事何种行业，有何种遭遇，我们都应该微笑面对每个人。因为微笑确实具有无穷的美丽，它不仅会感染别人，令对方在不知不觉中放下戒备，心甘情愿地与你进行心灵的交流，而且还能够调节气氛，化解各种怨恨等不良的情绪，有利于你的工作。

1979年10月26日，朴槿惠的父亲朴正熙遇刺身亡，朴槿惠兄妹从权力的巅峰处沦为了无依无靠的孤儿。父母没了，昔日的朋友大多也变得冷漠起来，甚至有很多开始用仇视、厌恶的眼神来看待朴槿惠兄妹。

面对父母的离世，大多国人的背叛，朴槿惠的内心痛苦极了。但是，她并没有就此倒下，而是以坚强的态度带着弟弟妹妹开始了新的生活。尽管朴槿惠受了很多罪，尽管朴槿惠的心也曾在痛苦中煎熬，但是朴槿惠仍然努力地微笑，让自己微笑面对每一个人。

在那段艰难时期，虽然朴槿惠脸上的微笑有些牵强，微笑中掺杂着些许忧愁，但是它却令广大的国人看到了朴槿惠的坚强，同时也在不觉间引起了人们的同情……

2004年总统选举时，朴槿惠的微笑给人留下了深刻的印象。朴槿惠的微笑有一个很大的特点，即令人感觉不到任何的矫饰。与各地选民见面的时候，朴槿惠总是面带微笑，给人一种很自然、很真实的感觉。

竞选期间，在中央党部内，不管遇到党职者还是遇到记者朴槿惠都会面带微笑，恭恭敬敬地问候一声："你好。"即便是在大街上游说时面对群众，她依然会面带微笑地问候大家："大家好！我是朴槿惠。"正是因为这样，朴槿惠才得到了广大群众的支持与拥戴。

从朴槿惠的微笑中，人们不仅看到了朴槿惠的独立坚强，同时也看到了她坚忍不拔的毅力与直面困难的勇气。所以，很多人被朴槿惠感动了，开始不自觉地对她产生一种怜惜之情。朴槿惠在归回政坛、参加竞选时，这种坚强而得体的微笑帮助她征服了更多的群众，为她的政治道路起到了很大的积极推动的作用。我们不得不承认，微笑之中藏着巨大的魅力！

有一次，戴尔·卡耐基在飞机上遇到了一件事情，从此他便更加坚信微笑的力量是无穷的。

　　在飞机还未起飞前，戴尔·卡耐基身边的一位乘客将空姐叫了过来，说道："请给我倒一杯水，我需要服药。"每一个空姐都是经过严格训练的，所以，这位空姐非常礼貌地回答："先生，真对不起，为了安全起见，我一定要等到飞机飞行平稳之后，才能帮您倒水，请您稍微等一下。"

　　飞机准时起飞了，但是那位空姐却将倒水的事情忘到了脑后。当急促的铃声响起，空姐赶了过来，而那位需要喝水的乘客已经相当愤怒了。

　　"你到底是怎么回事啊？难道你们就是如此对待乘客的吗？"那位乘客非常生气地怒斥道，"我真不明白你们公司怎么会让你这样的人做空姐。"

　　空姐知道这是自己的过错，连忙面带微笑地说道："先生，实在对不起，这都是由于我的疏忽造成的，我对此感到相当抱歉。"

　　"抱歉？难道你认为说句'抱歉'就没事了吗？"很显然，乘客并不愿意轻易地原谅空姐，继续说道，"你所犯下的错误并不是一句抱歉就可以弥补的。我不愿意与你进行争吵，但是，我必须要投诉你。"

　　虽然空姐一而再地用微笑面对乘客，并且表示自己愿意给这位乘客提供任何形式的帮助，可是那名乘客就是不肯罢休。当飞机即将达到目的地时，那位乘客非常冷漠地对空姐说道："小姐，请你将你们的留言簿拿过来给我，我有些话想要让你以及你的上司知道。"

　　空姐的心中感觉非常委屈，因为她已经连续很多次为自己的疏忽而道歉了。不过，她最终还是微笑着对那位乘客说道："先生，我再一次非常真诚地向您道歉。您要对我进行投诉，我愿意接受，因为这件事情本身就是我的错误。"乘客看了看空姐并未说什么，然后十分认真地开始在那本留言簿上写东西。当飞机在目的地的机场降落之后，那名乘客立即从自己的座位上离开了。

戴尔·卡耐基觉得非常奇怪，为什么这个人不接受空姐多次真诚的道歉呢？于是，戴尔·卡耐基找到了那名空姐，并且希望她可以将那位乘客的留言给自己看看。空姐答应了戴尔·卡耐基的请求，然后非常紧张地将留言簿打开。但是，令戴尔·卡耐基与空姐都感到惊奇的是，那位乘客在留言簿上留下的并不是一封投诉信，而是一封表扬信。其中，有这样一句话："很抱歉会发生这样令人不高兴的事情，但是在整个过程中，你始终都能够保持甜美的微笑。当我看见你的第八次微笑的时候，我就已经决定将投诉信改成表扬信了。"

毫无疑问，空姐的微笑给那名乘客留下了非常美好的印象，让乘客不再对她所犯下的错误进行计较。其实，并非只有做服务行业的女士需要面带微笑地对待别人。实际上，所有的女士都需要微笑面对每一个人，因为唯有如此才能够让别人感觉你拥有无穷的魅力。

请我们一定要谨记，不管是什么样的花言巧语都没有甜美的微笑具有说服力。作为一个女人，无论你是否拥有迷人的外表，只要你能够向别人展示自己的微笑，那么你肯定就是告诉别人："能够看到你我十分高兴。"

一个大公司的总经理曾经说过这样一句话："我宁愿住进那些尽管有些破旧，但却能够随时看到微笑的乡村旅店，也绝对不愿意走进一家虽有一流的设备，但却不能看到一丝微笑的高级宾馆。"美国一家有名的百货公司的人事部主任也曾经说过："我看重的从来都不是文凭，因为我宁可去雇用一个面带笑容但却小学没毕业的乡下姑娘，也不愿意去雇用一个面无表情、冷若冰霜的经济学博士。"

是的，不管是什么人，都抗拒不了微笑的力量，因为每个人都希望自己能够得到他人的喜欢。心理学家通过大量的研究表明，一个人的微笑与其形象有着十分奇妙的关系。尽管微笑仅仅只是一种面部表情，但它却能将人的内在精神状态反映出来。

因此，在外出之前，请先对着镜子看一看自己是否愁容满面。然后，抬起头颅，挺起胸膛，深深地吸一口气，让你的胸膛充满清新的空气。在路上，无论遇到什么人，只要是你认识的，你都要面带微笑地对待他们。倘若需要与对方握手的话，你还一定要注意集中精神。

没有什么值得担心与忧虑的，误会、怨愤以及仇恨等都不值得一提。当你走在路上遇到了昔日那些所谓的敌人时，你不妨将自己帽子整一整，将自己的裙子动一动，然后面带微笑地走向他，无比真诚地说一句："你好！"

请务必记住：不管在做什么事情，也不管遇到什么事情，请放松脸庞，抬起你们的头颅，微笑着面对每一个人。

掌控情绪，做情绪的主人

> 一个人连自己的情绪都控制不好，你还指望他什么呢？尤其是这个人还是一个政治人！

在这个世界上，没有人会对一个动不动就歇斯底里的女人产生好感，这样的女人注定一辈子都难以得到内心的平静以及幸福的生活。因为对于一个女人来说，保持得体的风度是相当重要的。试想一下，一个长相漂亮、打扮时尚的美女，却动不动就与他人吵得翻天覆地，甚至根本不顾场合，想什么时候发火就什么时候发火。这样一个不能控制自己情绪的女人，即便长得再漂亮也不会惹人喜爱的。优雅的女人一定是个能控制自己情绪的人。

朴槿惠的父亲朴正熙是一个能力出众的人才，曾经在韩国总统的位置上为韩国做出了很大的贡献。但是，俗话说得好：

"人无完人"，朴正熙什么都好，就是在控制情绪这个问题上做得不好。

1961年到1979年期间，韩国总统朴正熙向来被认为是一个拥有坚强意志的铁腕领导人，可是《洛杉矶时报》却从获得的档案文件中得知朴正熙情绪非常不稳定，特别是在喝醉以后情绪经常失控，甚至还可能会用烟灰缸砸他的属下。1968年，朝鲜半岛局势进入了危险时刻，那个时候，朝鲜军队将一艘隶属于美国的间谍船以及船上的间谍扣押，美国政府担心美国被卷入朝鲜半岛矛盾，为此，约翰逊派了专人去见朴正熙，以便探明虚实。

结果，派去的人回来说："朴正熙非常情绪化，喜怒无常，比较喜欢喝酒，而且还喜欢在喝酒的时候下命令。他的将军们常常将他的命令拖延到第二天上午。倘若他在第二天上午没有提喝酒时所下达的命令，那么，将军们就会将那命令当作从来没有出现过。"

作为一个国家的最高领导者，不能很好地控制自己的情绪，将会对其政治道路产生巨大的影响。朴正熙在这方面做得不好，所以招来了别人的嫉恨，虽然我们不能确定他最终的死亡与他的这一缺点是否有直接关系，但是我们可以肯定的是：不能很好地控制自己的情绪是一个致命伤。

其实，国家领导人也好，普通老百姓也罢，控制不好自己的情绪，都会给自己带来很多麻烦，所以，我们一定要努力地做自己情绪的主人，而不能被情绪所主宰。

在戴尔·卡耐基创业初期，他每天都非常忙碌。为了减轻自己的负担，他决定请一个女秘书帮忙。后来，在朋友的介绍下，卡耐基雇了一个名字叫丽莎的小姑娘做秘书。丽莎是一个能力很强的人，帮助卡耐基做了很多事情。但是，只要是人就肯定会犯错误，丽莎自然也不例外。

有一天，卡耐基检查文件时发现，丽莎竟然非常粗心地弄错了一份相当重要的文件。于是，愤怒的卡耐基就狠狠地将丽莎批评了一顿。后来，当卡耐基冷静下来之后，认为自己的做法不妥，就找到丽莎表示了自己的歉意。

卡耐基认为这件事情应该很快就算过去了，但事实并不是这样。从此之后，丽莎变得十分消沉，甚至一蹶不振。丽莎是一个十分细心的姑娘，在平常的时候基本上不会出错，但是从那之后，她却频频在工作上出错。不仅如此，卡耐基还发现她在工作的过程中经常心不在焉。有时候卡耐基连叫她好儿声她也听不到。卡耐基不知道丽莎怎么了。

几天后，卡耐基的那位朋友打过电话来询问丽莎最近是否遇到了什么事情。于是，卡耐基简单地说了一下丽莎的工作情况，并且询问他是怎么知道的。朋友告诉他，丽莎的父母找到他，说丽莎最近变得不爱说话了，而且脾气也变得十分暴躁，动不动就发脾气，甚至还因为一件非常小的事情与父母大吵大闹。听了朋友的解释，卡耐基似乎明白了其中的原因。于是，他在挂掉电话后将丽莎叫到了自己的办公室。

卡耐基问丽莎："我可以帮助你做些什么吗？我明白你最近的情绪不太好！首先，我为自己那天的行为再次向你道歉，因为我的不当行为让你的情绪受到的不良影响，实在是对不起！"

丽莎急忙说："不，卡耐基先生，这不关你的事！即便您今天没有找我，我也正准备向您提出辞职。其实，自从您上次对我进行批评之后，我就对自己失去了信心。如今，我根本无法集中精神地进行工作，因为我总是担心自己会在什么地方出错。但是我发现，我越是担心，我就越会出错。不仅如此，现在我每天回家后都不愿意与父母多说一句话，而且我的心中总是十分烦躁，不知道怎么就与父母吵起来了。真对不起，卡耐基先生，我真的没有办法工作下去了，所以我还是决定辞了这份工作。"

　　其实，案例中丽莎的做法属于非常典型的情绪失控，而卡耐基也差点做出相同的蠢事。严格地说，情绪仅仅是一种心理活动罢了，但是千万不要小瞧它。实际上，它与我们学习、工作以及生活等各个方面都有着非常密切的联系。倘若一个人的情绪是积极乐观的，那么毫无疑问，这对于他的身心健康以及智力的发展来说是非常有利的。反之，倘若一个人的情绪总是消极悲观且不思进取的，那么，这必然会对其身心健康造成不良的影响，并且阻碍其智力水平的发展与发挥。

　　当读完上述故事的时候，会有什么样的感想呢？是否也觉得自己有的时候也会做出与丽莎一样的举动呢？有人说："女人是最情绪化的生物。"这句话虽然并不是完全正确，但是确实表明了有很多女士不能控制情绪的事实，她们经常被情绪所累，成了情绪的奴隶。一旦遇到什么不顺心的情绪，有的女士就开始抱怨世界的不公，开始消极对待一切，或者仅仅每天祈祷上帝赐福于自己，让自己快乐起来。

　　人是这个世界上情感最为丰富的动物，同时也是情绪最多的动物。不管是谁，都会有喜、怒、哀、乐，这是非常正常的事情。我们又何必让这些小事将自己的正常生活的秩序扰乱呢？实际上，只要我们对自己进行一定的调整，我们就可以成为情绪的主人。

　　在这里，我们分享一个小诀窍，即当我们的心中产生不良的情绪时，不妨选择暂时地避开，将自己的全部精力、注意力以及兴趣都投入到其他活动中去。这样就一来，就能够使不良情绪对自己的冲击大大降低了。

　　我们的前辈曾经为了自由而战，而现在我们仍然在为自由而战。只不过我们现在的对手是自己的情绪而已。当我们战胜了自己的情绪，就会成为了情绪的主人，从而收获真正的自由之身，过上幸福快乐的生活。

优雅外表是你的最佳名片

> 清新脱俗的装扮是合乎礼仪的，而过于艳丽的打扮往往给人以轻浮的印象，甚至会被认为是在诱惑对方。

　　对于一个女人而言，外表并不是最重要的。只要女人有内涵、有气质，就会成为一个魅力十足的人，但是这并不是意味着个人的仪表不重要。我们在评价一个人是否具有品味与涵养的时候，仪表往往是其中一个比较直接的衡量标准。所以，女人在平时的时候，也要注意衣着打扮。要知道，仪表就是一面镜子，可以清晰地反映出你的内心的修养和格调品味。

　　在朝鲜半岛局势一触即发的时刻，朴槿惠出访了美国，专家们从她的着装上解读出运用色彩传达的政治信号，一致认为她"表现出了比男性政治家更加丰富鲜明的政治色彩"。2013年5月7日，朴槿惠与美国总统奥巴马举行会谈，朴槿惠穿着蓝色的外套出席，这是很聪明的选择，因为西方人对蓝色情有独钟，蓝色在西方人眼中象征着友谊、信赖与和谐，含有世界和平的寓意，而且是联合国的代表颜色，专家点评：她的蓝色外套非常合适。

同一天，朴槿惠在参加韩美同盟60周年纪念晚宴时，穿了一件杏黄色的外套，下装是一条翡翠色的裙子，这套在西方人眼里罕见的"翡翠色搭配杏黄色"组合惊艳了全场。朴槿惠看上去十分高贵。另外，这套装束还巧妙地展示出和谐的寓意。而在当地时间5月8日的美国国会演讲中，朴槿惠身着中式领口设计的炭灰色长外套，这种一反女性常态的选择令人耳目一新，炭灰色通常是男性首脑的着装选择，预示着安全感，朴槿惠选择这套着装传达出"一起走向未来的信任同盟"的政治信号，真是用心良苦。

同一天，朴槿惠出席了洛杉矶韩侨见面会，她一亮相便赢得了全场韩侨的欢呼，她那一袭粉红色的韩服，尽情地向韩侨表达了温馨的思乡之情。有人甚至注意到了朴槿惠与奥巴马会面时，平时习惯穿低跟鞋的她特意换了一双7~8厘米的高跟鞋，这个小小的细节让朴槿惠在不经意间看上去年轻了许多，再加上她的清丽的妆容，与奥巴马站在一起显得很和谐。

朴槿惠在中国的清华大学演讲时穿了一袭紫色套装，紫色象征着神秘、高贵和优雅。清华大学的学生评价说："紫色是清华大学校徽的颜色，总统穿紫衣、用汉语开场等都说明她对这场演讲做了精心准备。"而她在中方举行的晚宴上，穿了一套金黄色的韩服。在传统理念中，金黄色是红色的对等色，有人评价说朴槿惠的访华衣着"既华丽而又富有女人味"。

朴槿惠深谙着装的艺术，明白得体的衣着与妆容的重要性，最为可贵的是，她还善于用着装来传达她的政治意图。所以，在不同的场合，朴槿惠选择了不同但却得体的衣着服饰，而这也彰显了她的优雅、格调以及政治观念，让人们更容易接受她以及她的理念。

美国铁路局董事——郝伯特·沃里兰从前仅仅是一位非常普通的路段工人。郝伯特在一次演讲的时候这样说道："对于一个人的成功来说，适当的衣着也是非常重要的。我承认，一件衣服并不可以造就一个人，可是，一身好衣服却能够帮助你找到一份很好的工作。倘若你的身上仅仅只有50美元，那么，你就应当将30美元花在买一件好衣服上，然后，再花10美元购买一双合适的鞋子，至于剩下的钱，你可以用来购买刮胡刀以及领带等东西。等到将这些事情做完之后，你再去寻找工作。一定要记住，千万不要怀中揣着50美元，穿着一身破破烂烂的衣服去参加面试。"

纽约职业分析机构的沃森先生也曾经在一次讲话中说过："几乎没有一家大公司愿意雇用那些对穿着与化妆一窍不通的女职员，因为他们认为一个对穿衣打扮没有什么概念的女人必定也不会懂得怎样将手中的工作处理好。"华盛顿一家规模很大的零售店的人事经理也曾经说过这样的话："在招聘的时候，我必须严格遵守一些原则，决定每一个应聘者能不能经受得住考验的先决条件就是其仪表仪容。"

会不会感觉有些荒谬呢？是的，每个应聘者的能力与其穿衣打扮没有太大的关系。可是，每个人都有对于美的追求，作为一个公司的主管，自然也不会例外。任何人都不愿意在自己的公司工作的时候看到一大群邋里邋遢的员工。

在美国，仪表作为求职敲门砖的这个原则早已经流行开了。《纽约布商》杂志还曾经大加赞扬这项原则，并且做出了相应的分析。它是这么说的："一个人倘若对于个人的清洁卫生与穿衣打扮十分注意的话，那么他肯定会相当认真地将自己的工作完成。反之，倘若一个人在日常生活中不注意穿着打扮的话，那么他在对待工作时候也一定会是马虎大意的。但凡重视仪表的人，都会重视自己的工作。"由此可见，仪表得体是多么重要。

不过，在现实生活中，不少女士，尤其是一些比较年轻的女士，经常错误地将"仪表得体"认为是购买价格昂贵的衣服以及各种名牌化妆品。事实上，这样的做法与那种对仪表进行忽视的做法都是不正确的。

这些女人每天都在盘算着，自己到底应当怎样做，才能利用那并不丰厚的收入购买更多的昂贵衣衫与化妆品。倘若她们不管怎么做都不能实现自己的这个愿望时，她们会将眼光放在一些相对比较便宜的假货或仿造的名牌上。其结果经常会适得其反，她们本人会被人耻笑。卡拉尔曾经对于这种人进行非常辛辣的讽刺："对于某些人而言，穿衣打扮就是她们的工作与生活。她们把自己的金钱、精神，甚至是灵魂都送给了这项事业。穿衣打扮就是她们生命的目的，因此，她们根本没有多余的时间去学习。当然了，她们也没有充足的精力去努力工作。"

其实，对于大部分的普通女人而言，根本不需要花费大量的金钱去购买昂贵的衣衫与名牌化妆品。朴素的衣着与得体的妆容具有同样大的魅力，而且现在市面上有很多物美价廉的衣服、化妆品供女士们选择。

我们万万不能有"寒酸"的衣服妆容会令人反感的错觉。要知道，只要你不是衣衫凌乱、十分邋遢的样子，那么，不管你是否拥有大量的金钱，只要衣着与妆容得体，你的魅力都是非凡的。因此，作为女人，在穿衣打扮上，做到恰当得体即可。

或许很多女士会有那样的疑问：得体衣着与化妆究竟是怎么回事呢？我们应当如何做才能达到此要求呢？实际上，穿着打扮也是一门学问。不过，在穿衣方面，如果女士们能遵守下面的7项原则，那么必然会大大增添个人魅力：

第一，不要盲目地跟风，一定要选择适合自己的衣服；

第二，努力提高自我的文化素养，培养自身的内在气质；

第三，对自己的举手投足进行训练，让自己随时随地表现优雅；

第四，学习一些与色彩相关的知识，让自己学会怎样搭配衣服；

第五，衣服的款式不必非得是新潮的，但却应当将自己的优点凸显出来；

第六，不妨适当地选择一些饰物与自己的衣服进行搭配；

第七，对于衣服的质料应当要求高一些。

至于女士们的化妆，不妨参考下面的4个原则：

第一，购买一瓶与自己相适合的香水，注意，不同年龄有着不同的需要；

第二，将自己的皮肤保护好，让它随时随地都能够得到呵护；

第三，浓妆不一定是最好的，应该按照你的需要来合适的妆容；

第四，千万不能忘记了护理自己的手指甲以及脚趾甲。

尽管上文中穿衣与化妆的建议并不会立竿见影，但是，只要女士们用心地注意自己平日的穿衣打扮，那么我们就一定能够使自己的魅力大大提升。

读书移性，相由心生

> 只要我们拥有一颗正直的心，多读有益的书籍，多做有益的事情，我们的人格就会变得高尚，我们的心境就会变得平静，我们就会真正感受到人生的快乐和生活的幸福。

世界非常美丽，但是倘若没有女人，那么将会失去七分色彩；女人非常美丽，但是倘若远离知识，那么将会失去七分内涵。作为知识载体的书籍，是对女人的灵魂进行滋润的精神食粮，是女人永葆魅力的秘诀。

女人的智慧可以表现在生活、工作、爱情、婚姻等诸多方面，这都源于一个女人所拥有的学识与阅历。但是，智慧的另外一个相当重要的来源是书。书带领着人类从洪荒走到了启蒙。改变一个人最为有效的途径就是读书。一个女人的智慧、气质还有修养都与读书有着极其密切的联系。

当父母先后遇刺身亡后，朴槿惠的内心是相当痛苦的，再加上后来众人的背叛，使得她被迫退出政坛。朴槿惠也曾陷入极度的痛苦中，所以有一段时间她的心情异常低落。不过，朴槿惠并没有放任消极的心态不管，而是选择了通过阅读书籍来抚平心灵的创伤，增强自己的素养。

"那段时间，我阅读了《法句经》《金刚经》等佛教经书与《圣经》，也阅读了东方哲学的相关书籍以及《贞观政要》《明心宝鉴》等书籍。我将这些书放在自己的床头，以便随时都能够拿起来阅读。如果在阅读的过程中遇到喜欢的字句，我会随时抄写在我的笔记本上，每当心烦的时候就会拿出来翻翻看看。"

这些有益的书籍很好地洗涤了朴槿惠的心灵，逐渐地，朴槿惠不再烦恼，不再痛苦，同时也变得更宽容了。在这些书籍的熏陶下，朴槿惠的思想境界也有了很大的提高。

喜欢阅读的女人都是美丽的。

倘若一个女人有着如花的外貌，我们会称赞她十分漂亮。但是，这漂亮的躯壳终会老去，所以"外在的美仅仅只能取悦于一时，而内在美才能够经久不衰"。女人的气质和才华并不依附于外貌而存在，它不畏惧时间的流逝。与之相反，随着岁月的推移，才华出众的女人会变得更加美丽。

美国前任总统罗斯福的夫人曾经与别人探讨过关于女人读书的问题。当时，她是这样说的："我们一定要让我们的年轻人爱上读书，并且养成阅读的好习惯。因为这种习惯是一种非常贵重的宝物，这种宝物值得我们用自己的双手去捧着它，全神贯注地去看着它，千万不能将它弄丢了。"

罗斯福的夫人深知，多读书不仅可以增长知识，而且能够帮助人们洗涤心灵，让人们保持平和的心态幸福地生活。所以，她才会大力地鼓舞年轻人读书。不过，她也知道，在这个异常喧哗而浮躁的时代，在各种高科技产品的冲击下，那些家务活缠身的女人们要想心平气和地去读书是一件相当不容易的事情，因此，让她们养成读书的好习惯就更加困难。

读书最重要的问题就是应当选择哪一类书籍进行阅读。你阅读的第一本书籍应当是自己感兴趣的，因为没有兴趣的书，很少有人能够将其读完。但是倘若你没有尝试着去阅读，那么你也不知道自己是不是会感兴趣，这可能会让你与很多好书擦肩而过。当然了，在对所阅读的书籍进行选择时，你还要注意自己的身份、地位以及年龄等。

倘若你是一个钟情于文字，喜欢文学的女人，想要提升自己的素养，让自己变得更加充实，那么，你可以选择《红楼梦》《源氏物语》《围城》《简·爱》《飘》以及《傲慢与偏见》等名著。这些书都是经历了岁月的磨砺，属于书籍中的精品。阅读此类书籍，你应该像品茶一样，反复进行阅读，这样才能更好地帮助你提升自身的气韵。

倘若你是一个喜欢浪漫的女人，想要陶冶一下自己的情操，感受不一样的美感，那么你不妨选择《世界美术名作二十讲》《李清照诗词评注》《随想录》《守望的距离》以及《草叶集》等书籍。这些书籍可以让你在阅读的过程中忽然产生一种不食人间烟火的美丽错觉，在这种纯粹的美中，你的心灵也会迅速地得到升华……

倘若你是一个喜爱哲理，注重思想的女人，那么，你不妨选择《存在与虚无》《苏菲的世界》《中国女性的感情与性》《理想国》以及《浮士德》等书籍。这些书籍具有非常强的哲理性，不愿意看的人可能会感觉十分枯燥，可是对于喜爱看这一类书籍的人而来就不同了。或许这类书籍会给你一些启示，让你深刻地感受到不一样的闪光思想……

倘若你是一个不爱幻想，注重日常生活的女人，那么，你可以选择

《女性个人色彩诊断》《卡尔·威特的教育》《亲密育儿百科》《女人个人款式风格诊断》以及《好妈妈慢慢来》等书籍。这些书籍将会像良师一样教会你一些非常实用的生活知识，帮助你更加游刃有余地生活。

　　总而言之，倘若你想要提升自身的修养，让自己变得更加聪颖，那么你不妨抽一些时间认真挑选几本适合自己的书籍，放在自己伸手就可以碰到的地方，以便随时进行阅读。女人们要注意，一定要看那种白纸黑字的纸质书，电脑屏幕或者手机屏幕看的电子书，可没有真书能让你享受到的阅读的快乐多哦。

有学识才更有底蕴

真正使女人变美丽的，恐怕不是宝石与时装。富有内涵的知性女子，即便穿着普通的衣衫，也能显示出独特的魅力。

当下什么样的女性最受欢迎？中国传媒大学审美文化研究所通过大量的专项调查得出这样一个结论：温柔、优雅、知性的女人是受人欢迎的。温柔的女性是最动人的，优雅的女人是最迷人的，而温柔婉约与优雅气质相结合的知性女子才是最美丽的……

当朴槿惠淡出公众视野，过上隐居生活的时候，朴槿惠第一次感到自己是个真正的自由人，在后来的人生中，她恐怕再也没有享受过这样的宁静与平和。在宁越郡端宗墓前流连的时候，绿色的松树林泛着祥和的光，那种宁静与平和的感觉尤其强烈。

朴槿惠逐渐地品尝到生活的乐趣，她开始培养自己的闲情逸致，提升自己的优雅气质，她开始学习中文以及其他文学方面的东西，认真总结自己的各类思想成果。

就在那个时期，朴槿惠出版了《如果生在平凡家庭》《终究是一把，终究是一点》等书籍，这是她在人文领域迈出的第一步，她加入了文协，广泛涉猎各类书籍，把经典的句子抄下来自勉，看似平淡的日子却提高了修养，培养了优雅气质，让朴槿惠在一举一动中都散发着无穷魅力。再加上朴槿惠日常举止十分优雅得体，所以，朴槿惠变得越来越受人欢迎。

作为一名知性女子，朴槿惠在文学的熏陶下变得更具魅力，其举手投足都令人十分着迷。知性女子是最美的，即便她本身的脸蛋长得并不漂亮，也不影响其吸引人的魅力，而且比那些徒有漂亮脸蛋的花瓶强多了。

戴尔·卡耐基接到一位朋友的电话，邀请他去参加一场晚宴，并且一再强调让他将自己的妻子桃乐丝带上。卡耐基的这位朋友是一位政界要员，所以，他举办的宴会必定会有不少有身份、有地位的人参加。当戴尔·卡耐基将此事告诉他的妻子桃乐丝时，桃乐丝表示她并不乐意参加，因为她对自己缺乏信心。

其实，桃乐丝长得并不是很漂亮，但是在卡耐基看来，她是世界上魅力最大的女人。因为桃乐丝十分有内涵，而且精通各种社交礼仪，是一位知性女子。不过，桃乐丝却总是觉得美丽的女人应当是那种外貌漂亮而迷人的时尚女郎。最后，经过戴尔·卡耐基的再三劝导下，桃乐丝终于答应与丈夫一起赴约。

当卡耐基与妻子桃乐丝到达现场时，宴会已经开始了。确实，前来参加这场宴会的人基本上都是政界的要员，而且他们的女伴也都长得十分漂亮。其中，有一位女士引起了全场人的注意。所以这样说不仅是因为这位女士长得相当漂亮，更重要的是，这位女士表现得太"与众不同"了。

通常来说，参加一场正式的宴会的女士都会穿一身晚礼服。当然了，如果你不穿晚礼服，也不是不能参加宴会，只不过穿着晚礼服会让女士们显得更优雅、动人。但是，这位女士却不是这样打扮。她上身穿了一件领口开得非常大的吊带衬衫，下身穿了一件超短裙，脚上穿了一双挂满各种精美饰品的长靴。

那天晚上，那名女士可以说是"出尽了风头"。她喝了很多酒，手中拿着食物到处乱走。基本上与在场的所有男士都碰了杯，而且还与他们进行了交谈。这名女士十分开放，因为每个人都注意到她多次毫无顾忌地将腿抬高，并且多次极其自然地倒在男人们的怀中。卡耐基认为，那是他参加过的最为糟糕的一场宴会，因为那名疯狂的女士会搅了所有人的兴致。

晚宴结束之后，卡耐基与妻子桃乐丝回到了自己的家中。卡耐基问妻子："亲爱的，你认为今天晚上的那名女士迷人吗？"桃乐丝点点头，回答道："是的，戴尔！我承认那名女士的确是一个罕见的美人。但是，不知道因为什么，我总是觉得不能将她与真正意义上的美联系在一起。"卡耐基说道："是的，你所想的就是我想要说的。尽管那名女士的外貌非常漂亮，但却缺乏魅力十足的灵魂。因此，那名女士并非魅力最大的女人，而我的妻子桃乐丝，具有优雅的格调，迷人的仪态，是一位知性女子，因此，今天晚上最美的女王是你才对。"

尽管戴尔·卡耐基所说的话在一定程度上是对妻子桃乐丝的恭维，但是他说的并没有错。任何一个女人都非常向往美丽，对于所有的人而言，美都会令人感到心旷神怡。很多艺术家们都热衷于利用女性的身体以及各种形式来表现各种各样的美。对于一个女人而言，拥有美丽而迷人的外貌固然十分重要，可是唯有具有了高雅的风姿才可能会让人们感到真正的美，才会令人感觉你就是最有品位的。

每个女士都渴望自己可以成为令众人羡慕的"佼佼者"，这是女人的一种天性。女人们都希望同性羡慕自己、异性赞扬自己。但是，很多女人都自认为没有这样的能力，因为她们并没有十分出众的外貌。

虽然女人们没有办法选择自己的外貌，但却可以通过一定的训练让自己变得魅力四射。实际上，一个真正魅力十足的女人并不是必须长着一张漂亮的脸蛋，但却一定要有最令人着迷的风姿以及最为高雅的格调。

或许有的女士会说："我只不过是一个非常不起眼的小职员或者家庭主妇，所以我不需要培养什么魅力，也根本没有必要弄什么格调。"对于她们而言，每天的生活都是很枯燥、很乏味的，根本用不到所谓的格调。倘若有这样的想法，那么就证明已经犯了一个十分严重的错误。实际上，只有那些气质出众、魅力四射、品位高雅的女人才是最受人们欢迎的，最有可能在事业上取得成功。

美国某家大公司的公关礼仪顾问——戴维斯先生曾经说过："我给不少公司的公关人员进行过培训。刚开始的时候，我发现几乎所有的人都觉得对一个公关人员而言最重要的事情就是拥有漂亮的脸蛋与迷人的身材，因为不管是谁，都愿意与一个容貌出众的人打交道。我们不能完全将这种说法否定，但是，一个公关人员的外在容貌并非最为重要的素质，内在气质才是最重要的。倘若你遇见一个容貌出色但却没有礼貌，说话粗鄙，行为举止十分轻浮的公关员，那么你肯定也不会对她有什么好感的。反之，倘若对方虽然容貌一般，但是却拥有不俗的谈吐以及非凡的魅力，那么你肯定愿意与之打交道。"

总而言之，不要只在意自己的外貌，要注意培养自己的内涵与格调，时刻谨记：知性的女子才是最美丽的！

自信而优雅地生活

> 不管是男人，还是女人，都应该
> 保持昂扬的自信。尤其是女人，
> 有了自信才能优雅地活着。

　　真正的优雅来自哪里？正确答案是：真正的优雅源于内心
的"神韵"之美。优雅是内心充实、心灵质朴的表现，自信而
完美的个性体现。

　　为了更好地进行政党改革，朴槿惠做了一件令大家意想不
到的事情——放弃公荐权。很多人都说朴槿惠是个傻子，但是
朴槿惠认为，如果说党代表每到选举的时候都拥有决定候选人
的巨大影响力，那么这个党代表一定会出现问题。所以，为了
更好地为人民服务，朴槿惠决定放弃公荐权。而且，朴槿惠非
常自信地表示：可能刚开始时有些人会对她的做法提出异议，
但是她这样做最终会得到一个好的结果，会给国家与人民带来

好处的。

当周围的人知道朴槿惠真的要放弃公荐权的时候，就开始规劝她："您真的要放弃公荐权吗？""政治不是这样搞的，只是做做样子，大概照顾一下自己人就可以了，您为什么要这样呢？""政治是将自己的派系养大，将来才能做大事，不是吗？政治只不过是一场一场的秀啊！"

但是，不管别人如何规劝，朴槿惠都面带微笑地听着，但是却依然坚信自己的做法。

就任党代表以后，朴槿惠就面临着第十七届国会总选。这个时候，从比例代表的公荐入手，展开了大国家党的"公荐革命"。比例代表，向来的惯例是由党代表指定自己信任的人出任，可是朴槿惠坚信不介入公荐才是最好的选择，因此，大国家党的比例代表每个都是各领域最优秀的专家。他们拥有雄厚的实力，称之为大国家党的政策达人也不为过。在朴槿惠担任党代表期间，朴槿惠自始至终坚持不介入公荐。

2006年地方选举的时候，公荐权被放给了市、道的党部。当然了，在此过程中也出现了不少杂音，比如，"没有能力的人也受推荐了""当地委员长收了贿赂"等，而且有两个中坚党员也被党内直接向检察官告发了。但是，朴槿惠仍然坚信自己的做法是正确的，在她看来，因为是刚开始试行的革命性做法，出现一些混乱也是没什么大不了，慢慢地就会好起来的。所以，不管面对什么人的什么质疑，朴槿惠都会非常自信且礼貌地回应对方。

幸运的是，最终的结果果然如朴槿惠之前所料，朴槿惠在地方选举中获胜了，也因此使历经艰辛的地方党部有了新的公荐体制。有了这样的体制，就可以更好地了解地方而为人民做事了。

从朴槿惠的案例中，我们不仅看到了她卓越的政治能力，而且还看到了她强大的自信以及在面对各方质疑时仍能优雅应对的优秀品质。在改革初期出现了很多反对的声音，对此，朴槿惠并没有表现出慌张，而是在坚信自己的做法是正确的同时，从容而优雅地回应外界的声音。这是何等的自信，何等的优雅啊！

作为普通女人的我们，虽然不能像朴槿惠一样在政治上自信而优雅地指点江山，但是我们却可以像朴槿惠那样自信而优雅地生活。不管你是什么样的人，也不管你从事什么样的行业，你都可以自信而优雅地活着。

陈燕妮是一个非常优雅的女人。提到她，就得先谈谈她的文字。陈燕妮是一个十分敏感的女子，因为在陈燕妮的笔下，女人全部的触觉与感性的思维都在颤动，让那些被人们或忽略或遗忘的故事再一次以鲜活的面目出现。对于她细腻的文笔，你可以不佩服，但是对于她那纯属女性的敏感的洞察力，你就不得不倾倒了。她这样的女子，充满了优雅的气质，成为了其他女子争相学习的楷模。

从《遭遇美国》引起轰动开始，人们通过她那充满女性意识的文字，对美国社会的各个角落有了更好的认识，同时也看到了身在大洋彼岸的中国人的艰辛与奋斗，在中西文化碰撞当中产生了心灵体验。

陈燕妮在日常言谈举止中，经常会不经意地流露出一种强大的自信。对于一个拥有丰富经历的女人而言，这种自信相较于年轻美貌要更有魅力一些。

有人曾经问陈燕妮："不管在什么时候，你都这样自信吗？"

陈燕妮思考了一会儿，说道："可能是吧。在不少时候，我的脑海中会突然浮现出'第一名'这个词。在很多艰难的时刻，就是必须要做第一名的想法支撑着我走过来的。或许我是一个好胜的人，但是人都是好胜的。你的资质与才能比不上别人，那么你为什么要甘心呢？当然了，在美国，要想拥有足够的自信，就一定要拥有足够的实力。所以，相较于别人付出更多，是不可避免的。"

那么，陈燕妮对于优雅的女人是如何看待的呢？

"我觉得，优雅的女人首先要清楚自己到底是谁；其次她应当是一个成功的女人。试想一下，如果一个女人穿着高贵晚礼服，在宴会上可能会做出各种各样优雅的姿态。但是，一转身，她却向站在她身后的男人索要生活费，那么，你还会认为她优雅吗？女人，只有拥有了成功事业，才会有足够的自信，从而很好地表现出优雅的气质。"

有人曾经问她："作为成功女人的你，觉得最幸福的是什么呢？"

"自然是和睦的家庭了。"陈燕妮笑了。

"以前，我并没有真正意识到这一点，或许是我在美国的时候才逐渐地意识到的。可以这么说，随着年纪的增长，我越发感觉一个和睦的家庭对于女人有着太大的影响了。否则，人在社会当中就会觉得相当漂浮，也会感觉十分难受的。"

认识陈燕妮的人都说她可以在谈笑之间让对方接受自己的想法。她能在不经意之间让对方深刻地感受到她的力量，是一个具有特殊魅力的人。

在女人看来，优雅有着十分特殊的内涵：优雅为女人最具魅力的衣服。如果利用拆字法分析"优雅"，那么，"优"指的就是一个人内在的品质、气质、涵养以及心态的完美状态，而"雅"指的则是一个人内心的完美状态的外化，是一种文雅的谈吐、优雅的举止以及高雅的形象。所以，事实上，优雅属于一个人内在与外在完美结合的产物。若想将我们生活中的优雅找出来，就一定要从内、外两个方面同时入手。

上文已经说过，真正的优雅源于内心的"神韵"之美，是内心充实、心灵质朴的表现，自信而完美的个性体现。而这些都与你所接受的教育、自身修养与个人对于美好天性的培养和发展有关。不过，需要注意的是，真正的优雅并不是装出来的，而是自然而然流露出来的，最真诚的才是最美丽的。

内心优雅的你肯定会有优雅的仪态，可是在日常生活中时常有人抱怨道："我也希望自己可以穿着漂亮的长裙，迈着轻盈的步伐，神情高贵地走在异常华丽的宫殿中，从而展示无尽的优雅；我也希望在迷人的落日黄昏下悠闲地躺在长椅上面展示迷人的优雅啊！但是，我既没有多余的金钱，也没有太多的空余时间，更加糟糕的是，由于现代社会的生活节奏非常快，优雅生存的空间越来越小了。为了赶时间上班，我只能疯狂地挤公车或者地铁，在半路上大口地吃着早餐。"总而言之，对于现代女性，特别是上班族来说，优雅成为了一种奢侈！

的确，为了生存与发展，现代女性的生活比较忙碌，压力也比较大，没有办法生活得非常悠闲、精致，可是，我们至少应当在现实面前尽量地活出优雅的品位来。

其实，展现优雅的方式有许多种，你完全可以通过一个眼神，一句话语，一个动作或者一抹微笑，来展示自己的优雅。只要你自己用心留意，优雅可以说是无处不在。

低调也是一种气场

母亲从小就教导我，无论走到什么位置上，都要记住自己与普通人并没有什么两样，做人处事都应该低调一些。

俗话说："树大招风"，一个人不论在社会上取得了多大的成就，都应该保持低调的作风。只有这样才能更显其优雅的风范，为自己的魅力增添砝码。纵观现代社会上那些拥有较大成就的人，尤其是女性成功者，他们大多都比较低调，很少出现在公众视野中。正如著名作家亦舒所说："真正有气质的淑女，从不炫耀她所拥有的一切，她不告诉人她读过什么书，去过什么地方，有多少件衣服，买过什么珠宝，因为她没有自卑感。因此低调不仅是一种境界、一种风范，更是一种思想、一种哲学。"

现在，朴槿惠已经成为了一个家喻户晓的人物：她不仅是一个政治才华十分优秀的女人，而且也是韩国历史上第一位女总统。这位伟大的女性身上有一个非常突出的特点，那就是为人处世都十分低调。

当朴槿惠还只是一个小女孩时，她的父亲已经是韩国总统，母亲也是韩国政界的知名人物，她是韩国的公主。但她没有因此而到处宣扬自己的高贵的身份，也没有让人用专车接送上学，甚至没有在同学面前摆出一丁点儿高傲的样子。她完全与普通学生一样，穿着普通的衣服，乘坐电车上下学。

后来，因为父母先后被暗杀，她被迫离开了政坛。当她重返政坛，并且日益得到民众支持的时候，她仍然在为人处世上表现得十分低调：简单朴实的衣服，亲切温柔的笑容，从来不会随意出现在公众场合，也不会故意做出某些事情而引起民众的注意。甚至就连她最后当上了韩国总统以后，她仍然保持着这种低调的作风。然而，正是因为这个原因，她的身上才散发出更大的优雅气息，才凝聚起了更大的魅力。

不管是父母健在、贵为一国公主的时候，还是父母身亡、被迫离开政坛时候，甚至在回归政坛，一步一步地走上总统的位置的过程中，朴槿惠始终坚持为人处世不张扬，待人有礼、处事低调的作风，这也是朴槿惠能够取得成功的一个重要原因。

相信很多人都看过《甄嬛传》，虽然它只是一部电视剧，但是我们能够从中学习到很多东西。

我们先从甄嬛刚入宫选秀女的时候说起。在宫女选秀的过程中，很多宫女的行为都比较高调，仗着自己的父亲在宫里有一点地位，就处处打压别人，例如剧中的夏冬春。正是因为夏冬春过于高傲，所以在还没正式上位前就被宫里的老前辈华妃娘娘赏赐了"一丈红"。纵观整部电视剧，我们可以发现甄嬛虽然很有才气，容貌也很出众，但是为人很低调。

在进宫之后，甄嬛更是如此行事。她知道后宫并不是家里，不能随便发脾气。刚进后宫的时候，她对后宫并不熟悉，为了了解后宫的一些情况，她选择了待在宫殿里。但是，一般新来的妃子都要面见圣上的，所以甄嬛就以"身体不适"为由聪明地逃过了这一关。在后宫修身养息的那段日子里，她补充了很多知识储备了很多能量，并摸清了后宫复杂的人际关系链。

之后，因为一个偶然的机会，她与皇帝相识并成为宫里的宠妃，这时候的她也没有像华妃那样到处宣扬，而是低调行事，这就充分地显示出她从容人度的性格，优雅的处事风范。如果不是她一直以来都这么低调，最终也不会坐上高位。

作为中国首富的李嘉诚在接受记者采访时，有一位记者问他怎样才能像他一样把生意做得这么红火。大家原本以为李嘉诚会说很多大道理，但是李嘉诚只是说了四个字："行为低调"。

李嘉诚不仅自己为人比较低调，而且还教育自己的孩子要低调。在他的儿子李泽楷独立门户创办盈科时，李嘉诚送给他儿子的一句箴言是："树大招风，保持低调"。后来李泽楷能够取得事业上的成功与父亲的教导是很有关系的。

从这些案例中，我们可以看到低调做人有很多好处。一个低调的人更容易融入群体，能让别人觉得更亲切。只有低调，才不至于让别人怀疑你、嫉妒你，这样你就有更多的时间来学习。成功的路程并不是那么容易走的，但是只要你能在这个过程中耐得住寂寞，受得了诱惑，那么就没有什么能阻挡你的追求了。

本杰明·富兰克林曾在他的自传中说过这样的话："我为人处事有这样一个原则，如果我不同意别人的意见，我也不会正面反对。同时，我也不会让自己很武断。在文字的使用上，我绝不用'当然''无疑'

这类词，而是用'我想''我假设'或'我想象'。当有人向我陈述一件我认为不正确的事情时，我绝不立刻驳斥他或立即指出他的错误，而是会在回答的时候先提出他的意见的相对合理性，然后指出这在目前的现实情况下可行性不大。这样做，我很快就看见了收获。人们与我交流时，气氛很和谐。我以谦虚的态度表达自己的意见，不但容易被人接受，冲突也减少了。一开始做这些的时候确实觉得很难，但是后来觉得没什么了，很多事情习惯了就好了。也许，50年来，没有人再听到我讲过太武断的话。这种习惯使我提交的新法案能够得到同胞的重视。尽管我不怎么会说话，更谈不上雄辩，脑子反应也比较慢，甚至有时会把话说错，但一般来说，我的意见还是得到了广泛的支持。"

富兰克林并没有像大多数成功的领导者那样提醒大家保持自己的威严，而是告诉大家要宽容和低调。领导者在高位之上，如果以谦虚待人、礼貌对人，就会有人尊敬你，就能找到人才。占据领导者的位置，而不能以谦虚尊人，以谦恭敬人，还要笼络别人为我所用，这怎么可能办得到呢？

巴甫洛甫告诉领导们："一定不要骄傲。一旦你变得骄傲，你就会变得很固执，甚至会固执地拒绝别人的忠告和友谊的帮助。骄傲会使人丧失客观方面的准绳。"人最大的美德就是谦虚，这也是很多领导能让下属心服口服的理由。

老子说："高尚的德行犹如峡谷般深幽，广阔的德行好像还有不足，刚健的德行好像怠惰的样子，信实厚朴好像还浑浊不开化。最洁白的玉石好像还有污垢一样，最方正的东西好像没有棱角。"

《易经·谦卦》中说"谦虚可以亨通，开始或许不顺利，但由于谦逊，必然会得到支持，最后能够成功。"谦虚是天地的道理，领导为人谦虚，众人就会服从指挥。所以《尚书》中才有"谦受益，满招损"的说法。

其实，世界上有很多聪明人，但是有智慧的人却并不多。聪明人与智者往往相差得并不远，但是两者之间一定有个差别，那就是聪明人经常锋芒毕露，而智者则能在合适的时候藏好自己的光芒，等时机成熟的时候再开始自己的计划。而历史也证明，一个谦虚低调的人即使不能成就一番特别大的事业，也会是有修养有魅力的人。因此，女士们一定记住：凡事保持低调，低调是保持优雅的必要条件。

The Fourth Gift

品位

眼界决定境界

有涵养，尊严才有价值

可以说一个人只有在具备人所应有的涵养与
尊严的时候才具有真的价值。

　　对于女人来说，什么是最重要的呢？漂亮的外表、过硬
的学历、丰厚的财富？是的，漂亮的外表往往会给人一种美的
享受，可是这也仅仅是表面功夫，根本禁不住时间的考验；渊
博的知识往往会令人羡慕，可是，谁会为你埋单是一个问题；
丰厚的财富往往会让女人任意购买一般人很难享受得到的高档
品，可是一身名牌至多让人们认为你很有钱，而不会认为你很
尊贵。因此，对于一个女人来说，你可以不漂亮，可以没有气
质，但是绝不能缺乏修养。
　　当朴正熙成为韩国的总统，一家人都住进青瓦台的时候，
朴正熙夫妇并没有放松对女儿朴槿惠的教育工作，尤其是母亲

陆英修非常注意培养朴槿惠的修养。母亲陆英修经常教育朴槿惠,作为总统女儿,她并没有什么特殊之处,反而更应该注意自己的修养与德行。所以,母亲陆英修经常要求朴槿惠的行为举止应该优雅一些,待人处事应当有礼貌,不要大声喧闹,不要胡乱发脾气,要做一个有修养、有品位的女子。

而朴槿惠也是严格按照母亲的教导做的,所以她逐渐地成长为了一个修养极高,品位极高的女子,没有一丝一毫的傲慢,只有无限绽放的魅力。这也在一定程度上推动了她在政界的发展。

没有人会喜欢修养差、品位低的女性,朴槿惠的母亲深深地懂得这一点,所以才那么注重朴槿惠的修养与品位的培养,并且最终将其培养成了一个理想的、很多人喜欢的女子。

修养属于一种潜在的品质,有修养的女人不会因为岁月的流逝而失去光华,只会越来越明亮迷人。那么,修养到底是指什么呢?

修养不是唯我独尊,也不是随心所欲,而是善待他人,同时也善待自己,真诚地关注他人,耐心地倾听他人的谈话,用心地感受他人的想法。尊重别人就等于尊重自己。真正的修养来自一颗爱自己、爱别人的炽热之心。修养的最好诠释就是“己所不欲,勿施于人”。

小美是一个非常漂亮的女孩,而小玲则是一个长相普通的女孩,她们同时加入了同一家公司。刚开始的时候,小美因为外貌而得到了很多人的喜爱,尤其是公司的男同事,所以很多人都有事没事地喜欢围着她转。

由于这个原因,小美认为自己就是一个高贵的公主,别人就应该以她为中心,因此在与人交往时总表现出一副高高在上的样子。而且,小美的脾气很不好,只要一不高兴就胡乱发脾气,甚至会因为一丁点儿的小事儿将同事骂得狗血淋头。于是,同事们都慢慢地开始疏远小美了。

　　小玲虽然长相一般，但却是一个很有修养的女孩。在与人交往的时候，她总是礼貌地对待别人，认真地倾听别人的讲话，尊重别人的想法，这让每一个与她交往的人都感到十分舒服。所以，大家慢慢地都喜欢上了这个可爱的小姑娘。

　　有些女人的外貌非常美丽，但是言语却十分粗俗，行为十分粗鲁，这样的女人即便吸引人，也只是暂时的。慢慢地，人们就会对她望而却步。而有些女人虽然相貌普通，但是言谈举止都非常有修养，她们将会逐渐地赢得所有人的心。

　　时间能夺去女人的美丽容颜，但却夺不走女人经历岁月的积淀而萌发出来的美丽，而这份美丽正是女人历经岁月的洗礼而修炼出来的修养和智慧。富有修养的女人就好像潺潺的溪水，浸润着四周的人。

　　修养是一种非常简单而纯净的心态。富有教养的女人是自信而干练的，她们明白得到和失去之间的平衡法则。富有修养和智慧的女人，可以让自身的美丽在不同时期表现出不同的状态，一生都散发着无尽的魅力。英国著名的政治家切斯特菲尔德曾经说过："一个人只要自身具有教养，无论别人的举止有多么不恰当，都不能伤他一分一毫。他很自然地就给人一种凛然不容侵犯的尊严，会得到每一个人的尊重。一个缺乏教养的人，则非常容易令人产生鄙视的心理。"

　　既然对于女人来说修养是如此重要，那么女人应该怎样做才能使自己的修养得到提高呢？

　　学习琴、棋、书、画，都要求具有很多的时间与精力，甚至要求具有良好的天赋，不入门者几乎不能窥探其中的奥妙。因此，这对于现代都市女性来说就显得有些难度了。

　　但是，女性朋友们除了可以选择琴棋书画来修炼修养之外，还可以通过注意生活中的小细节的方式，从一点一滴中慢慢地提升自己的修养。比如，在日常生活与工作中，讲究文明礼貌的用语，不说粗话；重视别人递过来的名片；学会倾听；尊重别人等。

无论如何，一个人的修养并非一两天就能练就的，而是一种习惯的积累，一种涵养的综合。倘若修养是美丽的花朵，那么智慧就是不能缺少的养分。对于女人来说，修养是博爱和宽容，是自信的风采，同时也是不斤斤计较的心态，是成为一个有品位的女子的前提。

有一种美丽不会输给时间

> 我曾经问母亲，什么样的女子最美丽，母亲回答："有品位、有修养的女子最美，而且这种美丽不会输给时间"。

女人的美由于随着岁月的流逝而变得十分神奇。

花季雨季的年纪，正是青春时期，不用过多修饰。这个时候的女人即便是一脸稚气，但是却从上到下、从里到外地透露出了青春和美丽。

当女人走过花季雨季之后，开始在20~30岁的道路上奔跑，女人的美就开始转变了。处在这一时期的女人就好像盛开的花朵，同时也具有了打扮自己的意识与经济能力，漂亮的衣衫，各种各样的化妆品，让女人的美变得更加有味道。与之前的青涩相比，该阶段的女人透着一种成熟的美。

但是，不管是少女，还是熟女，其美丽的容貌都会随着时间的流逝而逐渐衰老，即便天生丽质也没有办法抵挡岁月在脸上留下的痕迹。所以说，青春和美貌给女人带来的魅力都是短暂的。

在风华正茂时期，我们可以为自己天生的美貌和身材感到庆幸，但是女人只要过了二十七八岁这个分水岭，该庆幸的则是自己在后天塑造起来的另外一种美。这是一种能够与时间抗衡的美——品位、修养与气质。

在朴槿惠被迫退出政坛，被人们逐渐遗忘的时候，朴槿惠得到了安定与平和，开始了一段平静而充实的生活。

随着年龄的增长，朴槿惠的眼角已经出现了皱纹，岁月的痕迹留在了朴槿惠的脸上，她不再像以前那样年轻漂亮了。然而，朴槿惠的内心却变得更加包容，头脑变得更加聪明，这是年龄送给她的礼物。朴槿惠观看人世间的视线也变得越发柔和，气质也变得越来越好了，而且个人品味也得到很大的提升。总而言之，朴槿惠整个人看起来显得更有魅力了。

时间可以夺走一个女人的容貌，却夺不走一个人的魅力。漂亮的容颜固然令人欢喜，但是有品位、有内涵的女人更加吸引人，更令人着迷。更重要的是，这种美丽是不会输给时间的。

有品位的女人就好比是美味的酒，随着岁月的流逝，它会变得越来越珍贵，如陈年佳酿，让人越品越觉得有味；有品位的女人就仿佛好看的书，随着岁月的流逝，它内容会变得越来越丰富，清幽淡雅，耐人细细读……

一对夫妻正在吵架，女人说："我将女人一生当中最美的时光全部给你了，如今，我已经不再年轻了，你是不是开始嫌弃我了？喜欢上那些既年轻又漂亮的姑娘了？你老实说，你在外面是不是已经有别的女人了？"

"你不要总是疑神疑鬼的好不好……"

"你觉得不耐烦了是不是？我告诉你，你不要总将我当成傻子，如果让我逮到了，我肯定不会让你好过的！"

"你真的太不可理喻了！"

男人拿着自己的枕头从卧室走了出来，并且"砰"的一声，关上了书房的门。

男人心想：唉，今天晚上已经是我在本月中第三次在书房睡觉了。

外面漆黑一片，同时也静悄悄的。这个时候，男人想到了另外一个女人。她并非男人在外面的情人，而仅仅只是男人的一个老客户，由于工作关系，两个人偶尔会见见面，或者在一起吃吃饭，聊聊天。

男人脑海中浮现的这个女人，并不是老婆嘴里所说的年轻漂亮的少女，而是一个比老婆大四岁，同时也比男人大两岁，同样结了婚，也生了两个孩子的中年妇女。然而，这个女人的整个人的状态与气质完全不同于自己的老婆，全身上下透着一些特有的韵味和优雅。

更重要的是，他们夫妻两个人都为了各自的事业而忙碌着，一起打拼着属于他们的未来。因此，在平常的时候，他们夫妻二人也不经常见面，特别是她的丈夫，常常要去外地出差。有的时候，她的丈夫好几天都不回来，她的丈夫会说"今天加班加得太晚，就不回家了，直接在公司睡下了"。她每每听到丈夫这样说的时候，首先表现出的并不是怀疑，而是满满的心疼，心疼丈夫的付出和辛苦。

男人曾经冒昧地问过她："难道你从来都不怀疑你老公吗？"

女人听了之后，微微一笑说道："经营爱情的法宝是信任，而经营婚姻的法宝同样也是信任。另外，让女人永葆魅力的关键所在也是相信或者自信。怀疑本身就是一种不自信的行为。更何况，怀疑、猜忌会对夫妻之间的感情和整个家庭产生很大的伤害，是女人的一个大忌。"

案例中的男人被别人老婆身上的魅力所吸引，但是这并非就是男女之情，而只是非常纯粹的欣赏。男人之所以欣赏她，并不是因为她有多么年轻或者外表有多么漂亮，而是由于她身上的韵味正在随着岁月的流逝，不断地在升华。

女人真正可以留住的并非外表，而是内在的东西，例如，智慧、自信以及善解人意等，这些无一不彰显着一个女人的生活品位。是的，这种类型的女人令人敬佩，让人敬佩她脑中的智慧，欣赏她身上的自信，被她的魅力深深地折服。

有品位的女人，通常感情都比较丰富，品性都比较善良，人格都比较高尚，是一个令人赞叹的性情中人。她们拥有文雅大方的谈吐，从来不会随波逐流，人云亦云；她们拥有深刻而充实思想，衣着雅致，在待人接物的时候总是表现出一副淡定从容的模样。她们将自己在生命中所扮演的每个角色，非常用心地做着诠释。

因此，作为一个女人，与其长得漂亮，不如长得可爱，与其长得可爱，不如变得有品位。有品位的女人可能不会让人感到多么惊艳，多么养眼，但是必定会是最经得起考验的，与之交往的时间越长，就越能体会到她身上的那种无形的美。

要有自己钟爱的事物

> 不管每天有多忙，我都会尽可能地抽出时间，倾心于我钟爱的"迷你窝"。一看到它，我的烦恼与压力就减少了一半。

一个拥有格调的人总会有一些自己钟爱的事物，将这些物品用作修身养性或是当作情感的寄托，也可能只是出于莫名而十分单纯的喜爱。

一个拥有自己所钟爱的事物的人非常幸运，同时也是非常幸福的。因为人要想找到一些令自己感到高兴的东西并不是一件容易的事情。所以，一旦找到了就应当小心地进行呵护，它让自己可以在很长时间内都受到其滋润，令自己的身心都愉悦起来。

2004年2月，朴槿惠与10多名年纪在20岁左右的大学生聊到了"年轻人心目中的政治"话题，尤其是询问了他们对韩国政治的看法，她想要了解韩国的年轻人对政治有多少关心，有什么期盼，应该怎样做才能接近20多岁的年轻人。为此，一个大学生向朴槿惠提起了"迷你窝"这种社群网站。

朴槿惠十分好奇地问东问西，学生们向她详细地介绍了什么是Cyworld、博客、加入好友、好友到访记录、随机拜访迷你窝等功能。

"经营社群网站的时候，最有趣的地方就是好友到访记录。无论多么要好的朋友，也很难每天实际碰面，不是吗？可是，经营Cyworld迷你窝却可以像在媒体上看到朋友一样，知道对方的心情与生活。经营Cyworld迷你窝能够让远在国外的留学生的朋友比在韩国的朋友还要亲热。"

所以，迷你窝吸引了朴槿惠的注意。朴槿惠觉得不管听起来还是看起来，它都很不错。于是，2004年2月21日，朴槿惠的迷你窝（heep：//www.cyworld.com/ghism）诞生了。

朴槿惠也由衷地喜欢上了迷你社交网站Cyworld。刚开始的时候，朴槿惠将自己小时候的照片放了上去，也认真而小心地写起了议政生活日记。起初，朴槿惠还不是很熟悉，所以摸索了很长一段时间，后来，朴槿惠连大头贴也放了上去，甚至还放了minime虚拟人物、miniroom个人空间。慢慢的，朴槿惠的迷你窝开始有人写回应了，也有人在朴槿惠的留言板上留言了。随着时间的流逝，加载、访问朴槿惠迷你窝的人数逐渐增长。每次朴槿惠登入迷你窝的时候，迎接她的都是温馨的留言、好友申请、背景音乐以及松果礼物等，这让朴槿惠感到十分幸福，因而对迷你窝更加着迷。

所以，不管生活与工作多么忙碌，朴槿惠都会尽可能地抽出时间来打理她的迷你窝。每当这时，朴槿惠的压力与烦恼等都会得到很好的纾解。而且，更重要的是，迷你窝这个原本属于朴槿惠的个人空间对她的公共生活也产生了很大的影响，这给了身为政治人的朴槿惠一个自我省察的机会。到访者的增加、留言板的留言，让朴槿惠切身地了解了民众期盼的是什么样的政治以及有哪些问题亟待解决。尤其是，Cyworld的使用者从十几岁的学生到七十岁以上的老年人都有，各个年龄阶段、地区、职业的好友，让朴槿惠了解了他们的喜怒哀乐，成了朴槿惠平时力求的"民生政治"指南。

朴槿惠爱上了专属自己个人空间的迷你窝，这不仅让她在工作之余找到了生活的乐趣，很好地缓解了工作的压力，而且也能够通过迷你窝更好地了解民生，指导自己在政治道路上的方向，从而更好地做好自己的本职工作，为人民服务。由此可见，拥有自己钟爱的事物是一件益处多多的事情。

作为普通人，如果我们拥有自己所钟爱的事物可能不会有什么政治上的积极作用，但是却可以让我们更好地生活与工作。所以说，不管对于什么样的人来说，拥有自己钟爱的事物，都是一件值得高兴的事情。

尽管胡乐只有二十七八岁，但是她却非常喜欢复古的东西，比如，古玩、复古风的装饰品以及复古风的艺术品等。

就在她精心地为自己刚完成装修的新家挑选装饰品的时候，意外地发现了一个极其精致的艺术品：材质为黄铜，设计风格好似是"铁艺风"和"复古风"的结合。在一条又一条的骨架上面还镶着不少非常精美的小花以及蔓藤，蔓藤十分顺畅而自然地缠绕在骨架的上面，上面开着几朵零星小花，有的已经完全绽放，有的还没有完全绽放，花骨朵仅仅开了一个很小的口，里面的花瓣仿佛在默默地用眼睛对外面的世界进行打量……更让她感到震撼的是，店主说这些小花、蔓藤以及骨架均为一体，是工匠通过纯手工一点点打造出来的。

　　胡乐不禁感慨道："难怪连每片花瓣都那样的精致，形色不一，而且连接点也找不出一丁点焊接的痕迹。"

　　但是，因为这个艺术品的价格非常高，所以胡乐一直犹豫不决。与她同行的好朋友劝说道："这些艺术品啊，只要冠上了'纯手工制作'这几个字，就会贵得要命，好几千块钱买这样一个破铜烂铁，并且还是一个别人用过的二手货，还不如去别的地方买一些铁艺工艺品，这样还可以多买好几件呢。"

　　好朋友一边说着，一边拉着胡乐离开了。

　　"但是，我真的非常喜欢它，它简直太精致了！从它的色泽上来看，它之前的那个主人一定也非常爱惜它。除了一些特别小的角缝擦不到以外，其他的地方都被擦得非常亮。但是，越是如此，就越有'古感'……算了，我大不了以后少买几件衣服。走，我们还是将它买回去吧。"

　　就这样，最终胡乐还是将那个十分精美的艺术品带回了家。

　　回到家之后，当胡乐到厨房做饭的时候，好朋友对胡乐的老公说道："你们家胡乐的老毛病到现在也没有改变，只要一看到什么雕花啊、艺术品啊，她就走不动道了，今天又花几千块钱买了这个破玩意儿，真是太不值得了！"

　　胡乐的老公听了之后，嘿嘿一笑，说道："我倒觉得是值得的。你就是拿几万块钱可能也买不来这样的快乐，一件艺术品就能够让她高兴好长时间了。她在这方面还是非常有节制的，买上这样一件之后，恐怕这一年都不会再轻易买了。而且，每次当我将这些艺术品'绑架'之后，她都会非常乖地听从我的话去洗碗，去喝她不喜欢喝的牛奶，这一招可以说是百试百灵。"

　　对于某种事物非常着迷的女性，反倒令男人们更为之着迷。当然了，倘若一个女人着迷于将男人的腰包掏空，那么就另当别论了。

因此，案例中的胡乐即使与老公结婚后，也没有改变自己对生活品位与格调的追求，不仅专注于自己钟爱的事物，而且还懂得保持节制，这样的女人才是最让人疼爱的。

将自己喜欢的艺术品视为亲密的朋友，甚至是自己的孩子一样地去对待，去呵护。当它们被老公绑架的时候，自己就会乖乖地听老公的话去洗碗，去喝不喜欢喝的牛奶，这样的女人无疑是非常可爱的，与此同时也是十分幸福的。

所以，没有自己钟爱的事物的女人们，还等什么？赶紧行动起来吧，选择自己喜爱的东西来提升自己的品位吧。通常来说，能够促使女性品位得以提升的事物有许多，比如：

1. 音乐

音乐能够促使人的品位得以提升，并非是说只有听某种特定的音乐才具有品位，而听其他音乐就没有品位了，最为重要的应当还是那两个字：钟爱。正是因为钟爱，自己才会深入，才能够深深地从中感受到喜怒哀乐、悲欢离合。这种执着和投入，能够令人感觉到这是一个懂得从音乐中进行感悟，并且懂得享受音乐的人，那么，这个人便是一个很有品位的人。

2. 运动

有的人钟情于某种运动，比如，跑步、游泳、潜水、登山以及攀岩等，无论是时尚的户外运动，还是平常的有氧运动，这种追求健康的意识永远都是有品位的，永远都是站在时代潮流的前沿的。

3. 休闲活动

在日常生活中，有很多休闲活动，比如养花、种草、打理盆景、在小花园种菜或者时尚的"阳台种菜"，养鱼、养鸟、养狗、养兔子，喝茶、下棋、插花等，我们可以钟爱其中的一种或者两种，这样不仅不会显得过于繁多或者过于"博爱"，反而还能够使我们的生活得以丰富，使我们的心性得以调养。一个钟情于花草、动物的人，是一个充满爱心的人，同时也是一个有品位的人。

不追求奢侈，但追求精致

> 母亲节俭但却很有品位的生活作风告诉我，有品位的人不会费尽心思去追求奢华，只要追求精致即可。

　　追求品位，不妨从追求精致入手。当女人偏爱精致的东西时，那么她自己也将会逐渐地变得精致起来，就好像一件精美的艺术品以及所有精致高雅的事物一样，给人一种美的享受。

　　当朴槿惠一家人因为朴正熙的高升而从新堂洞搬到议长官邸的时候，朴槿惠的妈妈带着朴槿惠姐弟认真地收拾了自己家的旧物品带到了她们的新居，然后简单地增添了一些简朴实用而精致的东西，就开始了新生活。朴槿惠一家人没有为新居增添任何奢华的东西。

　　后来，当朴正熙当选总统，朴槿惠一家人搬到总统府时也是这样。朴槿惠的总统府新家中没有增添一件奢华的物品。朴槿惠在总统府的生活与以往没有很大的差别，尽管她的父亲朴正熙已经贵为一国之领袖，但这里与她在青瓦台的生活的最大不同恐怕就只是这里的房间比较多，所以，朴槿惠姐弟们都拥有了属于自己的房间，而朴槿惠的父母也有了他们的办公室。

穿过玄关与走廊爬上阶梯到二楼后，映入眼帘的首先是客厅，这里通常是朴正熙用餐或者朴槿惠家人聚会的场所。客厅的左边是朴槿惠的母亲陆英修的办公室，右边是父亲朴正熙用来写作或阅读的书房，再往里走就是朴槿惠三姐弟的房间。

虽然每个房间都有"客厅""办公室"或"儿童房"等专属室名，感觉似乎十分豪华，但是实际上，每个房间所摆放的物品都很简朴实用，只不过其中有些物品在简朴的同时也非常精致罢了。这就如同朴槿惠"不追求奢华，但追求精致"的性格一样。即便现在，朴槿惠成了韩国历史上第一位女性总统，但是她的总统府依然保持着这样的风格，室内找不到任何华丽贵重的家居摆设，但却有不少简朴而精致的东西。

作为一个国家的总统，朴槿惠不追求奢华，但追求精致的行事作风，不仅充分地表现了她的质朴与节约，同时也表现出她是一个十分有品位的人，而这也是朴槿惠的魅力之一。

有人认为，世界上对于精致的事物最为迷恋的女人，应当属法国巴黎的女人。她们对精致的追求远远地凌驾在物质之上；她们对精致的追求就是生命的一切，这就好比是犹太人痴迷于金钱一样。

巴黎女人追求美味的饮食。在巴黎女人看来，美味的食物是上帝赏赐给人类的一种最美好的享受，因此，她们在每次进餐的时候，都尽量地讲求全方位的享受，在视觉上、味觉上、听觉上，甚至是触觉上……倘若某个方面出现了些许缺陷，她们就会感觉相当遗憾。

巴黎女人热衷于将自己打造得十分精致。不过，她们从来不会盲目地服从于文学或者艺术领域热潮，她们对自己欣赏的东西表示钟爱，并且津津乐道。她们认为，潮流叫出来的精致口号并不是真正的精致，其中夹杂着很多利益的因素，因此，她们宁愿花费大量的时间等着这股潮流的退去，直到真正具有很高价值、极其精致的东西出现，就好像浪淘沙一样，耐心地等待着，最终就会有金子沉淀下来。

因此，世人皆知巴黎的女人追求精致，将巴黎女人评论为精致的女人，并非是巴黎女人自己想出来的封号，而是外人给予她们的高度评价。

做女人不妨像巴黎女人那样，将对精致的追求植入自己的骨髓。要想成为一个精致的女人，就必须做好充足的准备，进行一场精益求精的历练。唯有如此，才能够促使自己不断地趋于完美与高尚。

1. 服装

女人在穿衣方面，不需要选择价格多么昂贵的衣物，也不需要选择价格多么便宜的衣衫，只需要衣服精致、得体就可以了。很多人认为，衣服的精致程度和价格成正比。或许大部分的事实就是这样，但是，也不能一概而论。因为决定一件衣服最终价格的因素有许多，比如人工价、工厂租金等，还是有一些衣服，仅仅因为是由有名的设计大师亲手设计的，所以就标出了相当高的价格，上千上万，甚至几十万、几百万。

因此，越贵的衣服并不一定越精致，不少衣服的价格中都有着丰富的泡沫，出现虚价也是在所难免的。举个简单的例子来说，相同材质甚至是相同厂家批量生产的衣服，放在不同的地方进行销售，其价格会出现很大的差别，比如，放在普通商场，其标价可能为200元；放在大商场，其标价可能为500元；放在装修更豪华的店面，其标价可能会是近千元。

因此，在平常选择衣服的时候，最好不要光盯着价格看，应当多看看质量，只要衣服的针脚比较好，设计十分精致，看起来落落大方，能够将自己的优势与魅力穿出来就可以了。

2. 饰品

女人们要注意了，在饰品的佩戴上，并不需要太多。很多时候，饰品越少，反倒越能够将自己身上的亮点凸显出来。当然了，既然饰品的佩戴要少一些，那么，就应当做到有亮点。这要求在选择饰品的时候就要讲究一些，饰品的质地不能太粗糙，比如价格便宜的仿金银首饰很容易褪色，发黄，很容易给人一种劣质感，一下子就失了格调。

3. 餐具

在选择餐具的时候，除了要注意造型工整、完美无瑕以外，最重要的部分就是釉色，最好是釉色均匀，光泽度较好，花色精致等。这样的餐具在使用的时候，会给人一种赏心悦目的感觉。如果家中来了客人，看到这样像艺术品一样的茶具，必然会顿感这些餐具、茶具的女主人肯定也是一个非常有品位的人。

4. 家居用品

通常来说，家居用品有许多，比如灯具、窗帘、装饰摆设、沙发、茶几以及抱枕等。如果能够让各种各样的精致家居用品齐集在自己的家中的话，那么势必会为自己的家增添几分艺术感，令整体的格调再上一层楼。

在路上找寻完美

我寻遍了全国知名的大山和遗迹，独自一人走在乡村小路上，感觉如此惬意。路遇的人们露出纯朴的笑容，让我心中的闷气一扫而空。

俗话算得好："读万卷书不如行万里路"。适时地外出旅行一次，不仅可以很好地舒展一下筋骨，而且还能使我们的身心都放松下来，是缓解压力、调节心情、享受生活的明智选择。

朴槿惠在青瓦台的时候曾经有一个心愿，那就是希望能够走遍祖国的大江南北，但是苦于事务繁忙，一直没有实现这个心愿。当朴槿惠被迫离开政坛之后，她闲暇下来，不再像以前那样繁忙了，于是，她开始踏上期待已久的旅途。

朴槿惠去了很多地方，欣赏了很多风景，她的心情变得越来越好，压在心头的各种烦恼与郁闷消失了。她完全沉浸在旅行所带来的快乐中了……

当朴槿惠父母先后被暗杀，她也被迫离开政坛时，内心必定是很悲伤与痛苦的，而旅行逐渐地缓解了她内心的悲痛，让她的心情逐渐地好了起来，身上背负的各种压力也好了很多。旅行逐渐让朴槿惠沉浸在大自然的美好中……

想必大家都曾有过生活压力非常大，令人疲惫不堪的感觉。当你感觉疲倦的时候，不妨抽出一些时间计划一次旅行，让自己呼吸一下新鲜的空气。旅行可以让你很好地放松身心，享受生活的美好。

一个女人正在享受自己的旅行。她来到了一望无边的海边的沙滩上，在这里遇见了正在忙着晒渔网的渔妇。这名渔妇在与女人闲聊了几句以后，非常疑惑地问道："人们都说上海是一个异常繁华的大城市，有相当多好玩的地方。为什么你还要浪费金钱，浪费时间来我们这个小渔村玩啊。这里就一股子鱼腥味、海腥味，与其说我们是依靠大海吃饭，还不如说我们是看海的脸色吃饭，这里大海的情绪总是阴晴不定，一会儿涨潮，一会儿海风狂吹……唉，我们这个地方，我早就待腻了。"

女人微笑着，说道："我们两个人正好将旅行的意义给诠释了啊，旅行就是从一个自己已经待烦了的地方前往另外一个人待烦了的地方。这里对你而言是早已经待腻了，但是对我而言，一切都是那么的新鲜。在我看来，这鱼腥味、海腥味都是大自然的海的味道。另外，你所说的海的情绪总是阴晴不定，在我看来也让人心旷神怡的美景，因为我平常很难看到一次涨潮，更难以感受徐徐吹来的海风。对我来说，身在这样的环境中，那简直是太惬意了，将所有的烦恼都吹跑了。"

"你将这个小小的渔村说得也太神奇了吧？"

"其实，神不神奇，关键就在于各人的心境。旅行嘛，实际上就是人们对生活的一种态度。让自己高兴一点儿，放松一点儿，不是很好吗？人活着，就应当对自己好一些。"

人生在世会面对各种压力，比如，生活压力、工作压力等，可以说是"压力山大"。而旅行可以帮助身心俱疲的人们暂时从现有的生活状态中脱离出来，到一个或是青山绿水，或是人文胜地，或是碧海沙滩的地方，让自己总是紧绷的神经松懈下来，完全放松身心，将所有的疲惫与烦恼赶走。

为了达到这一神奇效果，我们应该怎么做呢？

1. 设置旅行周期

我们每年至少应当为自己安排一次旅行，即便是短途旅行也可以，关键是放下所有的事情与心中的包袱，让自己完完全全地沉浸在旅途之中，这样，才能够达到完全放松的目的。

2. 回归大自然

相对于现在过于喧嚣的城市，大自然则多了一份安宁和自在。所以，我们在挑选旅行的目的地的时候，可以考虑选择一些森林公园、山林以及海滩等风景区，当然了，选择一些没有开发的原生态山村、茂林也是可以的。不过，必须注意安全第一，毕竟那些还没有开发的山林可能会存在一些安全隐患，比如山陡、野兽以及毒蛇等。选择一些这样的旅行目的地让我们更好地接近大自然，更好地放松身心。

3. 一人独游，或者结伴同游

一个人旅行的时候，会非常悠闲而自在；结伴同游的时候，会十分热闹而开心。所以，在你心情比较低落、郁闷，不愿意别人打扰的时候，不妨自己一个人背上一个背包，戴上一个耳机，听听音乐，欣赏一下外面的风景。这样一来，你的心情肯定就会很快地好起来。倘若你的心情很好，只是想要放松一下，那么你可以邀上几个好朋友，或是约上自己的爱人，一起出去游山玩水，可以说别有一番乐趣。

总而言之，当你感觉压力大的时候，当你心情不爽的时候，当你想要放松身心的时候，不妨给自己一次旅行的机会，在旅行中，尽情地享受生活的美好！

拒绝诱惑，心贵如常

历史经验证明，一个国家的衰败往往起源于国王与国人被个人贪欲冲昏了头脑，没有守住心灵的那片宁静。

佛曰："色不异空，空不异色；色即是空，空即是色。"也就是说，世间一切能见到或不能见到的事物与现象只不过是人们虚妄中产生的幻觉。

大千世界，芸芸众生，到处都充满着形形色色的诱惑。假如我们能像德行高深的修行者那样以"眼中有色、心中无色"的心境去面对周围的一切，我们的内心则是坦然的。人们常说的"逢人不做亏心事，半夜不怕鬼敲门"讲的就是一种内心的淡定。

2005年12月9日，韩国的国会从早晨开始便笼罩着一股十分紧张的气氛，到了下午大约4点钟时，距离会议开始还有

20~30分钟，按照惯例会场人员会将门打开。可是这一天却将惯例打破了，只有十几个执政党议员先进入了会场。在这些执政党议员进场的时候，大国家党的议员们却被拒绝入场。大国家党的议员们强烈地进行反抗，可是一直等到大部分执政党议员们已经进入会场以后，会场的大门才被打开。走向国会会场前方主席桌的议员居然被开放国民党议员肢体攻击。一时间，会场内处处都是议员相互推挤的场景，变得混乱不堪。在警卫的保护下，国会议长进入会场。在他主导下，执政党强行通过了私校法（一部与韩国孩子未来及其未来教育密切相关的法律）。大国家党议员们大力阻止，但却力不从心，此事已经成了定局。

面对这种情况，朴槿惠十分愤慨。她知道，遭绑架处理的私校法已经被定下，要想推翻不是一件容易的事情，而且如果处理不当，还会给国民留下一个不好的印象，这对于自己以后的政治前途将会产生很大的影响。反之，如果自己不插手这件事情，就可以让执政党对自己产生好感，这将会非常有利于自己以后的政治前途。然而，若放手不管却会对不起国民，对不起那些孩子。可以这么说，朴槿惠需要在权力与百姓之间做出选择。

朴槿惠没有被权力的欲望蒙蔽双眼，立即毫不犹豫地选择了百姓——朴槿惠立即站出来，号召大家反对私校法，并且发表了《对国民谈话》。朴槿惠公开对外宣布："我们将与这块土地的所有家长一起反对私校法。"

私校法抗争前期，大国家党提出了"修订出合理的私校法"的诉求，但执政党却将之扭曲为"拥护贪污私校的大国家党在对抗修订私校法"，导致各路媒体对朴槿惠他们冷眼相待，很多民众对此也是颇有微词。

随后，大国家党内就有议员主张："应当顾及民生，如今面临的不是场外抗争就是能够将问题解决的，还是选择迂回的战略比较好"。然而，为了民众的利益，朴槿惠丝毫不退让，她在议员总会上说："我们之所以将一切抛弃，决心进行场外抗争，是有充足的理由的。因此，我们就应当抗争到底。绝对不能让会使国家本质动摇的法规通过。法规的基础不清不楚的话，大韩民国整个国家都将会受到影响，我们绝对不能忘记这点。"

听了朴槿惠的话，议员们也纷纷表示了抗争到底的决心。即使大国家党的支持率因此下降了，但是所有人依旧在朴槿惠的带领下紧紧地团结在一起，表现出坚守信念的强大意志。

随着朴槿惠他们抗争的不断持续，民众们也逐渐地开始理解与关心他们，媒体民调结果也在慢慢地好转，就连本来表示"私校法绝对不能再修订"的执政党人也变得不安了。最后，在无数社会与宗教团体、国民的集体抗议下，执政党不得不屈服了。

私校法抗争这件事情，使得很多人都说朴槿惠给国民留下了保守又好强的印象，认为这件事不利于她以后的政治前途，做了亏本的买卖。但是，朴槿惠却不后悔，她认为自己做法很正确，维护了国民的利益。

在国民利益与个人利益面前，朴槿惠没有被自己的欲望打败，守住了自己心灵中的那片宁静。她是一个值得我们敬佩与学习的伟大女性！

一天，大智禅师和若愚禅师相聚在一块闲聊，大智禅师向若愚禅师从容地发问："你是否爱色？"

当时，若愚禅师正用竹箩筛豆子。闻听此言，他大吃一惊，竟然吓得把豆子都从筐里撒了出去，滚落到大智禅师的脚下。大智禅师见状，不慌不忙地笑着弯下了腰，把洒落一地的豆子一粒粒地捡起来放进了筐中。

此时，若愚禅师耳边还在回响着方才大智禅师的问话，他不知该如何回答是好？因为对于修行者而言，这是个棘手的问题，也确实不好回答。而"色"，涵盖的范围太大了：女色、脸色、颜色、服色、菜色、酒色、财色……

沉思了半晌，若愚禅师才将竹笋放下，但心中还在思绪万千，不知所云。良久，他费了很大劲才从口中挤出了两个字："不爱！"

大智禅师一直观察若愚禅师，看到了他受惊、闪躲、逃避和忐忑不安的神情。他对若愚禅师说："在回答这个问题前，你真的想好了吗？倘若要你真正面对考验时，是否能做到从容不迫？"

若愚禅师立即高声答道："当然能！"随即，他向大智禅师脸上看去，想要得到他的回答。然而，人智禅师只是苦苦地笑，却迟迟未作任何回答。

若愚禅师觉得很奇怪，并不解地反问大智禅师："那我可以问你一个问题吗？"

大智禅师依然面带笑容，说："来而不往非礼也，当然可以。"

"你是否爱女色？"若愚禅师如是发问。唯一不同的是，他的问题比大智禅师的问题多了一个"女"字。他接着又问："当你身临诱惑时，你能否做到从容应对？"

大智禅师放声大笑，娓娓答道："我就知道你会如此发问。在我的眼中，'女色'只不过是美丽外表掩饰下的臭皮囊罢了。其实，这跟爱有什么关系呢？只要你心存善念，坚定内心就可以了。难道这还需看别人的脸色行事吗？更别在乎别人是怎么想的了？身是菩提，心如明镜，仅此而已。哈哈……"

若愚禅师苦思了很久，感想颇多。尽管他口是心非地嘴上说能够面对真实的考验，然而他却在内心的狂乱中不知不觉地看了大智禅师的脸色行事，所以若愚禅师才无法回答这个问题。

有道是：心中有色，心猿意马；心中无色，万物皆生。"诱惑"就是"魔鬼"。在现实中,这样的悲剧有很多,不知毁灭了多少人的希望和梦想。那么,究竟是什么诱惑了我们? 答案是金钱、美色,还是利益、权势? 这些散发着诱人香味的东西令人心驰神往,可这些诱惑却是地球上最大的无底"黑洞",有多少人为了它们而身陷囹圄,家破人亡!

所以,志存高远,心贵平常。在如今这样一个充满诱惑的时代里,我们要坚持一份内心的洁净,对世事的清醒实属难能可贵。我们要始终保持一份祥和宁静,切勿被诱惑迷失了自己的心智。

人生要坚守淡定,要耐得住寂寞,经得起诱惑。淡定与从容即为大智慧。当我们遭遇"四面楚歌"时,最紧要的是要将欲望"降伏其心",使心灵不为贪欲所袭扰、所摇动、所蛊惑!

心态

换一种心境，就换一个世界

一定要做自己喜欢做的事

> 我很喜欢电子工程学，也很感激父母支持我的决定。我觉得，能够做自己喜欢的事是一件很幸福的事情。

　　一个人怎样才能生活得更加开心？正确答案是：做自己喜欢的事情！一个人怎样才更容易做出一番成就？正确答案同样是：做自己喜欢的事情！如果你对此有所疑惑，那么我们就先一起看看朴槿惠的故事吧。

　　虽然朴槿惠的父亲朴正熙是韩国总统，但是年轻的朴槿惠并不是特别喜欢政治，在即将上大学的时候，她对电子产业非常感兴趣，并且希望自己能够对国家的经济发展尽一份力，所以她在大学时选择的专业为"电子工程学"。

　　因为朴槿惠很喜欢这个专业，所以，她学习起来很用功，并且一点儿也不觉得累。在学校里，朴槿惠的成绩总是名列前茅。朴槿惠还很喜欢思考，喜欢将理论联系到实际。通过对"电子工程"的学习，朴槿惠深深地认识到电子产业对于一个国家的重要性。在1979年，朴槿惠终于说服了父亲朴正熙去参加第十届韩国展览会的电子展，期望能够使电子产业领域工作者的士气得以提升。最终的结果很令人满意，这个举动在很大程度上促进了韩国电子产业的发展与壮大。

正是因为朴槿惠喜欢电子产业，所以她学得很用心，进步也非常快。这些知识对于她后来回归政坛，在经济方面提出的某些建议也是有一定的帮助的。从朴槿惠的故事中我们可以看出，做自己喜欢做的事情，不仅可以让我们的学习效率事半功倍，而且更有利于我们成才。

当然了，很多女士可能都觉得单纯地从朴槿惠的这个案例中得出这样的结论有点草率，很多人还不能理解这样做的好处。现在，我们再来看一个例子。

玛丽是某公司的一名普通员工，她总是感觉工作非常累，每次回家的时候已经累得筋疲力尽了。的确，她感觉太累了，累得头疼、背疼，没有一丁点儿食欲，唯一想要做的事情就是上床休息。玛丽的母亲非常心疼自己的女儿，再三劝说玛丽让她吃点东西。玛丽没有办法，不得不坐在餐桌前面，随随便便地吃了几口。

这个时候，餐厅中的电话忽然响了起来。原来是玛丽的男朋友邀请她去参加一个舞会。这个时候的玛丽，就好像变了一个人似的。她非常兴奋地冲到自己的房间，换了一身很漂亮的衣服，然后速度飞快地冲出了家门。玛丽玩得非常high，一直到凌晨3点才回家。不过，她不仅没有感到一点点疲倦，而且躺在床上之后仍然十分兴奋地睡不着。

到底是什么原因让玛丽在一瞬间就发生了这样的转变呢？难道玛丽之前所表现出的疲倦都是装的吗？不，玛丽的疲惫是真的。因为玛丽对自己的工作兴趣不大，产生了厌倦感，所以她才会感到十分疲惫。但是，玛丽对男朋友的热情相邀则是极有兴趣的，因此，她才会表现得相当兴奋，即便玩得非常晚，但是也不会觉得累。

其实，在现实生活中，有很多像玛丽一样的女人，或许你也是其中一员。相较于生理上的操劳，一个人情绪上的态度更容易令其产生疲倦感。比如，如果你喜欢登山，那么即便天天登山游玩也不会觉得累；倘若你不喜欢登山，那么即便只是想想就会觉得很累，还没有走几步就累得走不动。登山虽然是一件消耗体力的事情，但更重要的是看你是否喜欢。

我们再举一个例子：今天你需要完成一项不喜欢的任务，你会觉得这项任务非常难，即便你很努力地去做，但是工作的速度非常慢，到了下班的时候，你可能仅仅做了其中的一部分。当你回家的时候，你还会感觉自己已经疲惫至极。到了第二天，你又接到了一份同等难度的任务，但是因为自己喜欢这项任务，所以你觉得工作一下子变得轻松起来。于是，你完成了比昨天多好几倍的工作。而且，当你回家的时候依旧精力充沛、神采飞扬。

相信很多女士都曾经有过类似的经历，由此可以断定，我们的疲劳并不仅仅是由于工作本身引起的，很多时候罪魁祸首是我们烦闷、不满的情绪。

那么，我们到底应当如何做才能顺利地克服这种厌倦感呢？其实，答案非常简单，那就是做自己喜欢做的事情。只要你能够在日常工作中体会到乐趣、成就感以及满足感，那么你就再也不会感觉到异常疲惫了。

有的女士可能会觉得，这是一种理想主义，因为在她们看来，并非每一个人都能够找到自己喜欢的工作的。是的，不少工作都是十分枯燥而乏味的，但是这并不代表它带给我们的一定是烦恼，其中最为关键的还在于自己的心态。

如果你没有找到自己喜欢做的事情，或者你对现有的工作不喜欢，那么你不妨学习一下著名的哲学家——瓦斯格教授的"假装哲学"。瓦斯格教授曾经说过这样一句话："倘若我们每个人可以假装自己快乐，那么这种态度常常会让你变得真的快乐起来。这种的做法能够大大地减少你的疲劳、紧张以及忧虑。"

因此，在日常生活与工作中，请尽可能地做一些自己喜欢做的事情。如果你面对不喜欢但又不得不做的事情，那么就请"假装喜欢"吧，不断地用"喜欢"暗示自己，这样一来，你也会在很大程度上消除厌烦、焦虑等负面情绪，最终取得不错的效果。

孤独但不寂寞

群体生活是人类自古以来形成的生存本能，受到"被人无视"的冷遇可谓是令人最难以忍受的事情。

有人说："21世纪最流行的疾病是孤独。"虽然我们非常不愿意承认这个事实，但是孤独的确存在于我们中间，它剥夺了很多人的快乐。一位名校的校长曾经说过这样一句话："由于各种各样的原因，人们没有办法让亲情与友情持久，整个时代就好像陷入了冰冷的北极，人们的内心感到非常的寒冷。"

由于父母先后遇刺身亡，朴槿惠一个人带着弟弟妹妹生活，撑起了家的重担。很多朋友都先后抛弃了朴槿惠，后来，就连与她血脉相连的妹妹也在政治上站到了她的对立面，这让朴槿惠在感到痛苦的同时也感到了孤独。

朴槿惠曾经被迫离开政坛，过着隐居生活。这个时候，她失去了关爱她的父母，也没有疼爱她的伴侣，她的内心世界应该是怎样的痛苦与孤独啊！在她重归政坛之后每天都有很多事情要做，但是到了夜深人静的时候，她会不会感到孤独呢？很显然，答案是肯定的。但朴槿惠没有被这种孤独压垮，而是勇敢地战胜了孤独。

有人曾经问过朴槿惠这样一句话："一个人很累、很孤单吧？"朴槿惠微笑着回答："通过写文章把心收回来，通过做丹田呼吸找回了健康。"

朴槿惠当选韩国总统之后，一个人住在总统的官邸，几乎每天晚上都自己一个人吃饭。这样的生活听起来令人感觉非常孤单、寂寞。但是，朴槿惠却没有陷入孤独的旋涡不可自拔，她每天都有很多工作要处理，并且在官邸养了两只宠物狗来陪伴她。所以，孤独对于她而言，几乎没有任何的杀伤力。

作为韩国优秀的女政治家，作为韩国第一位女总统，朴槿惠虽然每天都很忙碌，但是到了夜深人静的时候，她必然也会感到孤独，毕竟，她已经失去了父母，也没有爱人相伴，是孤孤单单的一个人。然而，坚强的朴槿惠最终战胜了孤独。那么，作为一个普通人，我们是不是也会感到孤独呢？

随着科学技术的发展，一幢幢高楼大厦将人们困在水泥墙中，一件件高科技产品将人们锁定在室内，人们越来越少地外出与人交流、游玩，甚至住在同一单元的邻居也是相见不相识。在这种大环境的影响下，越来越多的人感到空虚，感到孤独，陷入了自怨自艾的可怜境地。

其实，一个人生活在人群之中是不会感到孤独的，而之所以会有不少人患上21世纪最为流行的疾病，根本原因就在于这些人不能将自己的心扉敞开。当他们失去一部分亲情或者友情的时候就觉得自己受到了相当大的伤害，开始认为自己十分可怜，于是，自怜症诞生了。这些人不会懂得，在这个飞速发展的现代社会中，倘若你不积极主动地向别人表示友好，那么就没有人会主动帮助你排解孤独。

当然了，在现实生活中，也有一部分勇敢的人，她们凭借自己的毅力，勇敢地战胜了孤独。

梅森太太是一个60多岁的老妇人。她有着很不幸的遭遇，曾经遭受过失去丈夫的巨大痛苦。

丈夫刚刚去世的时候，梅森太太根本没有办法从失去丈夫的痛苦中解脱出来，因为在此之前，她生活的全部都是围绕自己的丈夫展开的，她的丈夫是她最在乎也最关爱的人。丈夫去世了，无限的孤独、悲痛缠绕着她，令她不能呼吸。

不过幸运的是，尽管梅森太太如此悲痛，如此孤单，但是她的心中非常清楚，这所有的一切都已经过去了，她一定要重新开始。于是，她将自己全部精力都放在了自己唯一的爱好，也就是画画上，希望能通过这种方式来找到精神的寄托。

最后事实证明，她取得了成功。起初，她仅仅是想要借着作画来使自己的痛苦、孤单感得以减轻，后来，这种艺术创作完全将她迷住了，使她再也没有心思去考虑其他的事情了。梅森太太不但从过去的悲伤与痛苦中摆脱了出来，而且还依靠自己的这个爱好创造出了属于自己的事业。如今，梅森太太已经成为了一个经济独立的单身女性了。

梅森太太在走向成功的过程中，也遇到了不少困难。刚开始的时候，她基本上不想与任何一个人打交道，因为以前她的丈夫就是她唯一的伴侣。不过，她始终没有放弃过努力，每天都会非常认真地问自己："我应当如何做才能够让别人心甘情愿地接受我呢？"

后来，她真的做到了。因为尽管她一直忙着作画，但是她仍然会抽出一定的时间去拜访自己的老朋友，甚至去结交新的朋友。她经常会将一部分自认为很好的画拿出来，然后亲自去一些朋友的家中拜访，与朋友们共进晚餐。那些人没有一个拒绝过她，并且对她的到来表示欢迎。到了后来，时常有人会打电话埋怨她：怎么这么长时间了都没有来自己家拜访？

梅森太太这样说道："现在，我终于知道让别人接受自己的最为有效的方法了，那就是你自己一定要敞开心扉，积极主动地出击，向别人表示你想要让对方接纳你。这样一来，你就能够战胜孤独与痛苦了！"

的确，梅森太太之所以可以战胜孤独，根本原因就在于她先战胜了"自怜"。当遭遇来自生活或工作上的打击，感到十分孤独与痛苦的时候，请一定要鼓足勇气，走向那温情四溢的人群中去。要告诫你自己："我们应当认识陌生人，我们应当去结交新的朋友。无论在什么地方，我们都应当开开心心地与别人分享自己的快乐与悲伤。"

爱与友谊是上帝赏赐给人类最好的礼物，但是这些礼物却不是白白赐予每一个人的，它要求我们为之付出真诚与真心。倘若女士们不能做到这一点，那么我们很难得到上帝的礼物，甚至只能得到最为可怕的惩罚——孤独。要知道，孤独的人是非常不幸的，但是这种不幸却是她们自己造成的。所以，若想从孤独中解脱出来，光仰仗别人是不可能梦想成真的，一定要通过自己努力，才能让自己真正地幸福快乐起来。

幽默让你无懈可击

> 不要总绷着一张脸，适当地开个玩笑，大家一起乐乐，什么烦躁都没有了。我觉得能与同事、民众们来个小幽默是很不错的。

如果一个女人懂幽默，那么她不一定是美丽的，但却一定是善解人意的、充满智慧的。这种类型的女人热爱生活，懂得利用自己的方式应对各种困境，懂得用微笑来使自己放松，懂得用智慧让自己变得更具魅力。

朴槿惠经常与别人开玩笑，算得上是一个十分幽默的人。

2004年10月中旬，朴槿惠会见了大国家党部长以下的基层党务工作者。某个出席者说："代表，不要只给我们买饭，如果您收到化妆品一类的礼物，那么就与我们一起分享一下吧。"朴槿惠说："你的皮肤看起来那么好！"在场的人们听了之后都哈哈大笑。

朴槿惠从来不会一脸正色地装出一副自以为是的样子。一直担任朴槿惠参谋的李贞铉曾经这样说道："我认为，朴槿惠很会开玩笑，她也能够很快适应，并且能立即接上别人的话茬儿。如果是前任总裁李会昌的话，会议根本不会形成这样轻松的氛围。即便人们开玩笑，他也不能很好地理解是什么意思。从这点上来看，我认为朴代表的即兴演说能力非常强，她也非常会开玩笑。在聚会时，她能够让人感觉到很轻松自在。"

其实，朴槿惠并不是喜欢送礼物，可是她却通过开玩笑的方式将对方的话茬接住了。朴槿惠的参谋李贞铉所说的话也说明了朴槿惠是一个喜欢开玩笑、懂得幽默的人，她能够让别人感觉轻松自在，在不知不觉中拉近彼此间的距离。这大概就是朴槿惠的法宝之一——幽默的魅力吧。

有人说："一个不懂得幽默的女人，就好像没有香味的鲜花，没有神，只有形，或许外表光鲜，但却总是让人觉得缺少了一口气。"我们可以将幽默而风趣的语言视为人的内在语言运用当中的外化。在与他人进行交流与沟通的过程中，幽默可以起到很好的作用，比如，幽默可以激发对方的愉悦感，使对方感觉轻松、愉快、舒畅。在这种轻松活跃的气氛当中，人们可以更好地进行感情交流，因为各种原因而造成的隔阂也会消失得无影无踪，大家在欢声笑语中拉近了彼此间的心理距离。具有幽默感的女人不仅惹人喜爱，而且也会在事业上有所突破。

一名女销售员正在向一位客户推销他们公司的产品。在谈话的过程中，这名女售货员能明显地感觉到氛围的单调、沉闷。于是，她假装闻了一下客户桌上的玫瑰花，并且故意让刺扎了一下额头。女销售员大声说道："我太幸运了哦！"

客户忙问："怎么了？"

女销售员说："我的额头被玫瑰刺扎了一下。"

客户说："被扎了还说幸运呀？"

"哎哟，幸亏扎的是额头而不是我的眼睛。否则，我就再也看不了帅哥了！"女销售员假装疼痛地说。

说完，他们都哈哈大笑起来，谈话的氛围明显轻松了许多，推销自然也就能够顺利进行了。

案例中的女售货员正是依靠幽默的话语，化解了当时紧张、沉闷，甚至有些尴尬的局面，活跃了气氛，最终征服了客户，拿下了自己想要的订单。

擅长理解幽默的女人，更容易让人喜欢；擅长表达幽默的女人，更容易令人欣赏。懂得幽默的人很容易与别人保持着和谐的人际关系。在现实生活中，经常会出现一些让人斗得头破血流却也解决不了的问题。这个时候，倘若适当地来一点儿幽默，反而能化干戈为玉帛，顺利地将事情解决。

另外，幽默还可以很好地显示一个人的自信，增强一个人取得成功的信心。要知道，有的时候，与能力相比，信心显得更加重要。面对艰难而曲折的生活，有些人很容易失去自信，放弃自己的奋斗目标。倘若能够用幽默的态度来对待挫折与磨难，那么人往往能重新振作起来。

女人在使用幽默这一手段的时候，一定要让自己的表情显得自然轻松。唯有如此，才可以使你身边的每一个人都被幽默的气息所感染。要记住，一个看起来满脸愁容或者表情抑郁的女人，是不可能将幽默的真正魅力发挥出来的。幽默的人生充满了无穷的乐趣，因此，学会并熟练掌握幽默，可以让女人们的社交生活变得更加丰富、快乐。

在这里，女人们需要特别注意的是，幽默不是不懂分寸地耍嘴皮。幽默应当合乎人情人理，在引人发笑的同时给人以启迪。当然了，要想做到这一点，女人们需要具备一定的素质与修养。

从幽默的功能效果上来说，它的形式多种多样，比如，哲理式幽默、愉悦式幽默、解嘲式幽默以及讥讽式幽默等。为了实现幽默的礼仪效果，女人在对待自己的朋友、同事的时候，应该多使用愉悦式幽默与哲理式幽默；在对待自己或者朋友的时候，也可以依据具体的情况适当使用解嘲式幽默；在对待敌人或者恶人的时候，则可以多使用讽刺性幽默，从而达到在利用幽默对对方进行讥讽与鞭挞的同时愉悦身边的同事与朋友。

幽默风趣的谈吐可以看作是一个女人的思想意识、聪明才智以及心灵感悟在语言运用过程中的结晶。其作用主要体现在以下几个方面：

1. 营造轻松的氛围

在公共场所或者自己的家中，如果出现了一种非常窘迫而尴尬的场面，那么你可以利用超然洒脱的幽默让这种局面在大家的欢声笑语中消失。

2. 让人转败为胜

幽默是一个人的智慧和知识的综合运用。当一个女人四面楚歌，处于非常危险的境地，抑或遭受他人非难的时候，幽默能够帮助你化险为夷，转败为胜。

3. 高尚的情操与达观的人生态度

有人说："幽默属于乐观者，幽默属于生活中的强者。"的确如此。幽默的谈吐是以说话者拥有健康的思想与高尚的情趣作为基础的。一个心胸异常狭窄、思想非常颓废的人，是不可能成为一个幽默的人的，同样，这样的人也不会具有幽默感。只有那些乐观自信、情操高尚的人，才会在遇到不如意的事情时，泰然处之，幽默待之。

4. 良好的文化素养与表达能力

一个人的幽默谈吐与其自身的聪明才智有着非常密切的联系。所以，如果你想要成为一个懂得幽默的人，那么就应当具有良好的文化素养以及丰富的文化知识。倘若一个人很了解古今中外、天南地北的各种历史典故以及风土人情等，再加上较强的表达能力，那么这个人必然可以说出生动、活泼、幽默的语言。纵观古今中外，那些有名的幽默大师，绝大多数又都是语言大师。幽默不等于矫揉造作，而是非常自然的流露。正所谓"我本无心讲笑话，笑话自从口出"。

然而，作为一个女人，如果想要培养幽默感，那么，就必须先培养与提高自己的幽默心理能力，因此，女人们一定要注意下面几点：

1. 要仔细对生活进行观察

如果你想要口吐幽默的话语，那么你就必须先观察生活。而且，在对生活进行观察，寻找喜剧素材的时候，一定要认真仔细，并且学会变换视角去发掘与表现想要的素材。

2. 要认真学习幽默技巧

幽默并不是一个人天生就有的，而是在后天通过学习而得来的。很多关于幽默的书籍以及先人的经验都可以为我们提供很好的范例，值得我们认真地去研究借鉴，为自己所用。

3. 要敢于表达幽默

一个人的幽默能力，只有在其表达幽默的时候才能够得到检验与提高。如果想要成为一个幽默的人，那么就必须积极主动地去实践。因此，当你学习了一段时间之后，你可以选择一个适当的场合，针对一个恰当的对象，来表现自己的幽默技巧。

淡泊之人才能走得长远

眼下人们都在想方设法争得地位、名誉、荣华富贵，而我却对这类东西从未感到过丝毫的兴趣和欲望。

对于女人来说，一生最大的财富不是金钱，不是权力，而是淡泊的心态。因为不管多少金钱、多大的权力，都换不来真正的快乐，可是淡泊的心态却能够让快乐永驻你的心间。有钱有权的女人不一定是快乐的，只有拥有淡泊心态，认真领略生活的人，才能收获开心与快乐。

朴槿惠曾经在自己的日记中这样写道：

"有的人不顾一切，只是想着爬上更高的位置；有的人则将成为国会议员作为自己的最高目标。身处科长职位盯着局长职务，身处局长职位盯着司长职位。他们的眼里只有职位，看不到任何有价值的东西。'攀高'是他们人生唯一的目标。说起来也难怪，这个社会本身就是物欲横流、唯利是图的，金钱与权力成为万能的东西。可在我看来，这些东西永远不可能成为有价值的东西，更不能成为人生目标。金钱与权势永远是身外之物，那些以金钱和权势为人生目标的人正是'祸起萧墙'之源。

"哪怕只活一天我们也要过正直、清白的日子，无论身处什么环境我们也要保持平静的心态。这就是我人生的最高目标，也是我人生的意义。不会克制、不会节欲、不会自律谈何治人治国？只要我们做到战胜自己、节制自我，试问天下谁能敌？能够支配自我的人还有什么可治理的？一个人达到这个境界，他也就可以掌控一切了。"

从朴槿惠的日记中我们可以看出，她是一个拥有平静、淡泊心态的人，没有被世俗的权力与金钱迷倒，懂得克制，懂得节欲，懂得自律，最终战胜了自己，成为一名优秀的政治家，成为了韩国历史上第一位女总统。由此可见，拥有淡泊的心态是非常重要的，它不仅可以帮助我们成长，而且也能够促使我们成就一番大业。

据说，从前有一个非常富有的人，家中有万顷良田，身边有成群的妻妾，但是他却过得并不开心。在他家的隔壁住着一户非常贫穷的铁匠。铁匠夫妻虽然没有丰厚的家产，但是整天有说有笑，日子过得相当开心。

有一天，富翁的一个小妾又听到住在隔壁的铁匠夫妻俩唱歌，就对富翁说道："尽管我们家拥有家产万贯，但是还没有穷铁匠过得快乐呢！"富翁认真想了一会儿后，笑着说道："我可以让他们明天不再唱歌！"于是，富翁拿出了两根金条，然后使劲一扔，将这两根金条从墙头上扔到了铁匠家。

第二天，铁匠夫妻二人在打扫自己家的院子时，突然发现了两根金条，他们的心中非常高兴，但是也十分紧张。为了这两根金条，铁匠夫妻俩丢下了他们铁匠炉子上的活儿。铁匠说："咱们用这两根金条买一些良田吧。"铁匠的妻子说："绝对不行！如果这金条让别人发现了，人家会怀疑我们是偷来的。"铁匠说："那你先将这两根金条藏在炕洞中吧。"铁匠的妻子摇了摇头，说道："这也不行，如果将金条藏在炕洞中，极有可能会让贼娃子偷走的。"

铁匠夫妻俩商量来，商量去，最后也没有想出什么好办法。从此之后，铁匠夫妻俩开始吃饭吃不香，睡觉也睡不好。当然了，人们再也听不见铁匠大妻二人的欢声笑语与快乐的歌声了。富翁对他的那个小妾说："你看，他们不再高兴地说笑，也不再快乐地唱歌了吧！办法就是如此简单。"

现代社会是一个物欲横流的社会，女人的心中总是充满着各种各样的欲望：我家房子是否该换一套大点的了？倘若商品再不能顺利地卖出去，我应当怎么办呢？我这个月的工资是不是该涨了？什么时候才能将钱拿到手呢？

这样的想法往往会将人弄得筋疲力尽。人生仅仅是一个过程，是一种经历，我们赤裸裸地来到这个世界，最终也将会赤裸裸地离去，现实生活中大多数东西都是生不带来，死不带去的，因此，不要过分追求权势名利，不要过于重视物质享受，不要经常与人争执，不要有事没事就不停地抱怨。

倘若女人能这样想，那么可能就会明白，人一生中有很多东西，有很多事情，根本没什么好争执、好抱怨的。在活着的时候，保持一颗淡泊的心，那么你的生活就会变得更加安然，更加快乐。

不要被虚荣心迷了眼

人们往往为了显示和炫耀自己的能力而付出无谓的心血，甚至长期处于无谓的忧虑与烦恼之中。殊不知，我们的能力再大也不过是在上帝的脚下苟延残喘的存在。

众所周知，女性的心理状态会长时间地作用于女性的容貌。可是，女人应该怎么做才能够富有爱心、富有感觉之心，并且宽容地对待他人呢？其核心就在于消灭自己的虚荣心。

所谓"虚荣心"，实际上指的就是用不恰当的虚假方式对自己的自尊心进行保护的一种心理状态。站在心理学的角度来说，虚荣心就是一种扭曲了的自尊心，它属于人性情感特征的范畴，与其他情绪的性质是一样的。

一个人的虚荣心在很大程度上也取决于个人需要。人的需要是有层次之分的，也由于每个人的性格、气质、理想或者目标的不一样而表现出差别。通常来说，人的虚荣心与自尊心有着很大的联系。虚荣心比较强的人，自尊心往往也很强，总是要求自己在群体当中占据非常耀眼的位置。虚荣心越强的人，越需要他人的赞美，因为别人的赞美可以为她们送去渴望已久的荣誉，使她们的自尊心得到满足。一旦她们的虚荣心不能得到满足，那么她们就会出现一种失落、匮乏以及紧张的心理状态，这很容易致使她们与他人发生冲突，甚至导致攻击性与过激性的行为发生。

朴槿惠的父亲朴正熙是韩国总统，一家人住在青瓦台，这可不是人人都能体验的事情。总统的女儿就相当于古代皇帝的女儿，是一个国家的公主，在各个方面都会享受优待。一般来说，身份越高的人，其虚荣心就会越强。所以，作为"一国之公主"的朴槿惠即使有点傲慢，有点虚荣心，也不足为奇。

然而，朴槿惠的母亲从小就对她耳提面命："不可以向别人炫耀你所拥有的东西。"朴槿惠认真地听从母亲的教导，没有染上虚荣、傲慢等毛病。在平时，她为人处世都十分低调，绝不会为了虚荣而到处炫耀自己的身份或者父母。

有一天，朴槿惠坐车回家的时候，车长看到她身上圣心女中的别针，就靠过来问道："听说咱们总统的女儿在你们学校啊？"

"是。"

"听说她经常搭乘电车上下学，这是真的吗？"

"好像是吧。"

"她长得很漂亮吗？"

"这个不太清楚。"

"那她的功课很好吗？"

"听说是吧。"

"那她长得多高啊？"

"应该像我这么高吧。"

朴槿惠没有虚荣心作祟，立即跳出来说自己就是总统的女儿，让别人羡慕嫉妒恨，而是非常低调地装作不知情地回答对方的问题，并且没有被对方识破。由此可见，朴槿惠是一个不虚荣，心态积极向上的女子。

实际上，不管男人，还是女人，都有虚荣心。不过，总体来说，相较于男人，女人的虚荣心更强一些，因为女人的自尊心比男人的更强。女人都喜欢别人夸奖自己年轻、漂亮，热心于炫耀自己的社会地位以及自己所拥有的财富；女人大多喜欢用脂粉之类的东西将岁月留在自己脸上的痕迹抹去，她们对于时尚杂志刊上的各种化妆品广告趋之若鹜，总是将自己的钱财拿去包装自己的脸面。然而，这一切往往很难令其如愿以偿。女人对于"唯美"的追求，无可厚非，虚荣心是上帝赐予女人的一种礼物，她们可以利用这礼物可以对自己进行保护，但是，她们也可能会因为这礼物而使自己毁灭。

法国文学家莫泊桑在自己的短篇小说——《项链》中，刻画出了一个虚荣心过强的女主人公形象。为了使自己的虚荣心得以满足，她不惜向别人借项链。而当她不小心将项链遗失后，她只能用一生的时间进行偿还，这就导致她与自己的丈夫终生陷入了负债的生活中。当她历尽千辛万苦将买项链的钱还清之后，她才知道原来自己所借的那条项链竟然是假的。故事的结局出乎人们的意料，但这实在是人生中的一个悲剧，同时也大力讽刺了女主人公的虚荣心。

电视剧《中国式离婚》中也出现了一个非常典型的例子：女主角林小枫对平淡的生活非常不甘心，于是就经常鼓励丈夫到外资医院工作。当丈夫真的到了外资医院工作，并且成为副院长的时候，她的虚荣心得到了极大的满足。但是，与此同时，她又开始对丈夫的忠诚表示怀疑，整天疑神疑鬼，害怕丈夫在外面拈花惹草。

为此，她将自己的小学老师工作辞了，成为了专职家庭主妇。这样一来，她就拥有了很多闲暇的时间。之后，她将自己的大部分时间都用在了考察自己的丈夫上。她经常肆意检查丈夫手机和口袋，只要是丈夫手机上出现的号码，她都会挨个拨打过去，非要将她心中幻想的，实际上根本不存在的第三者揪出来。于是，夫妻两个人开始不断争吵，父母被他们气病了，孩子也被他们吓到了，两个人之间的关系慢慢地变得越来越糟糕。最后，两个人选择了离婚。至此，林小枫曾经幸福美满的10年的婚姻生活也走到了尽头。

大家都知道，在日常生活中，这种虚荣心根本没有什么实际的意义，只会助长不良的风气。在这样的社会中，人们仿佛在参加一个假面舞会，每个人都不用自己的真面目示人。我们不妨认真地想想，倘若每一个人都戴着虚荣的面具生活，那么我们又应该到什么地方去寻找真实呢？保持自己的真性情，这才是丢弃虚荣心之人的明智选择。

英国哲学家培根曾经说过："一切恶性都是围绕着人的虚荣心产生的，而且都是虚荣心的一种表达方式而已。"乍听起来，培根的话似乎令人难以接受，但是如果你认真地进行思考，那么就会发现培根的这句话说得一点儿也不过分。

虚荣就是一种虚幻的花环，从表面看起来光彩照人，但是它却能够令人的心灵变质。在现在这个物欲横流的世界中，我们的心灵应该禁得住各种各样的考验。就像歌里所写到的：外面的世界很精彩，同时外面的世界也十分无奈。个人在社会中生存，除了需要承担实现个人目标的重任之外，还需要承担一定的社会责任。一个人应该有非常明确的人生目标，在现实生活中务实肯干，这样才能生活得更美好。

因此，请保持一种纯真的气质，远离虚荣，不要让现代社会中的那些浮华的云朵将自己双眼遮住！

自己永远是最可怕的敌人

> 我们一定要记住，我们心里最危险、可怕的敌人就是我们自己，只要自己不背叛自己，任何人都没有能力毁灭我们。

或许很多人听过这样一句话："人生的快乐在于——走自己的路，看自己的景，超越他人不得意，他人超越不失志。"对此，你们怎么看呢？在回答这个问题之前，我们先来看看朴槿惠的故事吧。

担任朴槿惠的父亲朴正熙秘书室长职务时间最长的金正濂回忆说："朴槿惠与朴正熙有着很多相似的地方。朴正熙在做出决定之后，就会将这个决定自始至终推进下去，这个风格与朴槿惠追求的领导力非常相似。"

朴槿惠从小在朴正熙身边长大，耳濡目染受到了朴正熙的影响。自从涉足政坛以来，她的很多处事方法与领导风格都与父亲很像。但是，朴槿惠并没有一味地模仿朴正熙，而是在借鉴、学习父亲朴正熙从政经验的同时仍然坚持了自己的风格。所以，虽然朴槿惠的统治哲学与父亲有些相似，但是却有自己的独到之处。

的确，你可以学习别人的长处，却不能因为刻意模仿而失去自我。只有懂得坚持自己本色的人，才能够在纷繁复杂的社会中站稳脚跟，成就一番属于自己的事业。

住在北卡罗来纳州艾尔山的伊笛丝·阿雷德夫人，曾经写过这样写道：

"我是一个非常内向，并且特别敏感的人。我从小就身材不好，长得很胖，而且我的脸又使我看起来比实际还要胖一些。我的母亲是一个十分古板的人，在她看来，穿漂亮的衣服是一种愚蠢的行为。她经常对我说：'宽衣舒服，窄衣易破。'她总是按照这句话所说的那样为我挑选衣服。所以，不管是什么样的舞会，我都不会参加。在学校的时候，我都不与其他孩子一同做室外活动，甚至不想上体育课。我十分害羞，不愿意与别人接触，总是感觉自己与别人不一样，肯定不会有人喜欢自己的。

"长大以后，我选择了一个比我大好几岁的男人作为我的丈夫。但是，我并没有发生任何的改变，我丈夫的家人都很自信，并且彼此相处得十分和睦。我应当成为却没有成为他们那样的人。我一直都在竭尽全力地成为他们那种人，但是最终也没有成功。他们为了让我高兴而做的每件事情，只会使我变得更加畏惧、退缩。我开始整天都处在紧张不安的状态中，不敢去见我的朋友，情绪非常低落，甚至害怕听到门铃响。我很清楚自己就是一个失败者，但是我又担心我的丈夫发现这点，因此，每次我们一起出现在公众场合时，我都尽可能地装出一副开心的样子，但是总是做得太过火。我也明白自己做得太过火了，因此，事情发生之后，我又会接连好几天为此感到难过。最后，我感觉自己实在活不下去了，于是就想到了自杀。

"后来，婆婆随口说出的一句话，将我的整个生活都改变了。那天，我在与婆婆的聊天的时候，婆婆向我谈了她怎样对她的几个孩子进行培养的。她说道：'不管怎么样，我总是要求他们保持自己的本色。'没错，就是这句'保持本色'！在那一瞬间，我终于明白我之所以会感到这样苦恼，正是由于我逼着自己去适应一个对于我来说并不适合的模式。

"在一夜之间，我发生了巨大的改变。我开始保持自己的本色，试着对自己的个性进行研究，试着去发现我到底是一个什么样的人。我认真地对自己的优点进行了研究与分析，尽可能地去学习关于色彩与服饰的知识，尽可能地按照符合我的方式去穿衣打扮。我开始积极主动结交朋友，并且参加了一个组织——当初，它只是一个不大的社团——他们邀请我参加活动，这让我感到又惊讶，又害怕。但是我在众人面前每发一次言，我的勇气就会多增加一分。尽管这件事情花费了我非常长的一段时间，但是，我现在得到的快乐都是我以前从来想都不敢去想的。我在对自己孩子进行教育的时候，总是会将自己从痛苦的经历中学到的这个真理教给他们：不管怎么样，都要保持自我本色。"

詹姆斯·高登·吉尔基博士曾经说："保持自我本色这个问题，就如同人类历史一样古老，同时，它也像人生一样普遍。"在现实生活中，很多精神与心理疾病的潜在原因就是不能保持自己的本色。大作家安吉罗·帕特利曾经撰写了13本书以及几千篇关于幼儿教育方面的文章。他在书中这样写道："再也没有人比那些想要成为其他人或者除了他本人以外任何其他东西的人更加痛苦的了。"

卓别林刚开始拍摄电影时，导演曾经坚持让他尽可能地模仿那个时期德国一位十分著名的喜剧演员，然而，卓别林直到创造出了属于自己的风格后才开始成名。

鲍伯·霍普多年来一直在从事表演歌舞片的工作，但是却没有一丁点儿的成就，直到他懂得开自己玩笑、表现自我以后，才开始获得成功女神的青睐。

威尔·罗吉斯原本只是一个杂耍团中表演抛绳技术的演员，根本没有在台上说话的机会，直到有一天他发现自己颇具幽默的天赋，并且将其应用于表演抛绳的过程中之后，他才开始成名。

玛丽·玛格丽特·麦克布莱德刚刚进入演艺圈的时候，想要成为一位喜剧演员，但是最终她失败了。后来，她发挥了自己的本色，扮演了一个来自密苏里州来的普通农村女子，结果，她开始成为纽约最受人喜爱与欢迎的演艺明星。

金·奥特雷刚刚出道时，特别想将自己的得克萨斯口音改掉。于是，他就将自己打扮成城里人的样子，并且自称是纽约人，结果他遭到了众人的耻笑。后来，他转变了策略，弹起了五弦琴，改唱起了西部歌曲，开始了属于自己的演艺生涯。于是，他逐渐地成为了电影与音乐这两个行业中最有名的牛仔歌星。

我们每个人都是这个世界上独一无二的，你应当为此而感到庆幸，并且尽可能地利用上帝赋予你的一切。说到底，不管什么艺术都带着一些自传的色彩：你只能唱属于自己的歌，只能画属于自己的画，只能做一个由自己的经历、环境等条件所创造的你。不管好坏，你都必须创造出一个属于自己的小花园；不管好坏，你都必须在生命的交响乐中演奏属于自己的乐器。只有这样，你的人生才会是最精彩的。

就像美国著名的文学家爱默生在自己的散文——《自信》中所写的："每个人在自己的教育过程中，肯定会在某一个时期发现，羡慕就相当于无知，模仿就相当于自杀。不管是好或是坏，他都一定要保持自己的本色。尽管广阔无垠的宇宙中全部都是美好的东西，但是除非他自己耕耘出一块属于自己的土地，否则，他绝对不会得到好的收成。他的一切能力都是自然界的一种新能力，除了他本人以外，任何人都不知道他到底能够做些什么，他能够知道些什么，而这些都一定要依靠他本人去不断的尝试。"

总而言之，如果想要帮自己消除忧虑，那么就一定要记住这样一条规则：不要刻意模仿别人，保持自己的本色。

再大的挫折也终究是过眼云烟

> 真正有价值的人生是选择正确的活下去的方式，金钱、名誉或权力，都不是人生中最重要的东西，那只是过眼云烟，就像海市蜃楼，瞬间就会消失。

坦然面对生活，可以让我们变得从容，让我们多一分理智，也为我们幸福的生活添加了一个筹码。人来到这个世界上，就是要经历挫折和风雨，没有谁的人生会如同顺水行舟般一直平安无事。人生免不了要经历磕磕绊绊，沟沟坎坎，甚至是大的挫折和不幸。所以，要想有一个美好的人生，就要学会坦然，学会大度，不要计较得失，同时还要做好应对困难和挫折的准备。

1980年4月，朴槿惠出任岭南大学理事长，但因政治原因，校方迫于学生们的反对而辞退了她。对此，她没有说一句抱怨的话，而是非常坦然地接受了这个事实。

1981年，她在长神大学基督教教育学院研究院学习了一个学期。她离开青瓦台后，全斗焕转给了她6亿韩元"遗留子女生计费"，这是朴正熙用剩的政治资金。1982年，得益于京南企业申基秀会的帮助以及亲友财阀伸出援手，朴槿惠姐弟在城北洞获得一套房子，他们搬进了这套住宅，在这儿度过了他们的伤心岁月。

父母的突然离世使朴槿惠遭受到了毁灭性的打击，她的身体非常虚弱。但是，朴槿惠并没有因为身体受创而懈怠或愤恨，而是非常坦然地面对这一切。她一边注意养护身体，一边努力地工作。直到1990年，朴槿惠认为必须休息一段时间，就从育英财团董事长的职位上抽身出来，并且把职位让给妹妹朴槿令。这是她生活中的一个分水岭，她说："从育英财团辞职之后，我的新生活开始扬起了风帆。"

无论是身体上的创伤，还是心灵上的创伤，朴槿惠都没有逃避，也没有消极地应对，而是非常坦然地面对，并且积极地努力。面对不幸，总是逃避不是办法，怨天尤人更是行不通。这时，我们就要学会调整心态，学会坦然接受事实。当然了，这句话说起来容易，但是做起来却很难。不幸的事情降临，没有人会愿意接受。但是事实既然已经形成，那就要学会坦然面对，积极应对，只有这样才能让不幸带来的损失降到最低。

已故的美国小说家塔金顿说："我可以忍受一切变故，除了失明。"可是人生的不幸却提前在他的身上实现了。在他60岁的某一天，当他去捡掉在地上的东西时，却发现地上一片模糊，任凭他怎样努力，但就是看不清地上的东西。这时，他才意识到，自己可能快要失明了。

不过，塔金顿的反应让大家都很惊讶，他坦然地接受了这个事实。在完全失明后，塔金顿说："虽然我最害怕的事情发生了，但是我还是坦然接受，我还能够自己面对任何状况。"

虽然塔金顿这样说，但他并没有放弃治疗。在一年内，塔金顿四处寻求治疗。为此，他跑遍了美国的各大医院，在几个月内他接受了12次以上的手术。这些手术所采取的都是局部麻醉，塔金顿必须忍受疼痛去做手术，为的只是避免麻醉剂对大脑的刺激。

幸运的是，坚强的塔金顿承受住了，他坦然地接受了发生的一切。塔金顿在治疗期间放弃了私人病房，他和大家住在了一起。他这样做就是想和大家多相处一会儿，这样就能减少自己的压力了。每当他要去接受手术时，他就会和大家说："多奇妙啊，科学已进步到连人眼如此精细的器官都能动手术了。"

和塔金顿一样的人在接受12次以上的眼部手术后几乎都崩溃了，但是塔金顿没有，他的坚强让他挺过来了。塔金顿说："我不愿用快乐的经验来替换这样的体会。"塔金顿因此学会了接受，接受一切，包括美好的与不美好的。他开始相信人的承受能力存在很大的潜能，这种潜能只有在人遇到不幸的时候才能被激发出来。正如约翰·弥尔顿所说的，此次经验教导他"失明并不悲惨，无力容忍失明才是真正悲惨的"。

坦然是一种心态，是对待人生和生活的态度。这种状态是放松，是宽容，也应该是一种接受现实的积极态度，一种明白、通融、大度的处事风格。坦然地面对生活，我们就会感觉到生活的美。坦然使我们对世间发生的一起更加习以为常，更加理智，也让我们学会了用宽容的胸怀包容一切不幸。

与此同时，坦然也是面对人生不幸的最好办法。当人生被阴霾笼罩的时候，学会坦然地面对，不要过分悲伤，没有什么火焰山是过不去的，总会有天晴的时候。因此，请坦然一些，面对生活的不幸和得失保持一颗清醒的头脑，按照正确的道路走下去，这样我们的生活才会变得更加精彩。

聪明人都会“装傻”

> 一个真正聪明的政治人，是一个懂得装傻的人，因为在政坛有时需要你装傻才能达到自己的目的。

　　女人们都应该听过这样一句话："傻人有傻福"。为什么会这么说呢？因为一般情况下，大家都认为傻乎乎的人不会对什么事情都斤斤计较，不会去费尽心思钻营谋利。而正是这种傻乎乎的行为，才能让别人不容易对他产生戒备之心。在一般人的思维里，人们懒得和傻人计较。因为和傻人计较的话自己岂不也成了傻人？人们不屑和傻人争夺什么——赢了傻人也不是一件什么光彩的事情。相反，为了显示自己比傻人要高明，人们往往乐意关照傻人。因此，傻人也就有了傻福。

　　在父亲朴正熙遇刺身亡，朴槿惠带着弟弟妹妹离开青瓦台后没多久，在政治圈内开始不断地出现诽谤朴正熙的言论。当时，就连曾经与朴正熙最亲近的人都对朴槿惠姐弟们十分冷漠。很多诽谤朴正熙的言论刊登在各大报纸与杂志上，那些表明自己姓名的人所说的大多为谎言，匿名人士的言论就更不负责了。

有很多人为了权益出卖了自己良心，就连在维新时期曾经大声喊着"只有维新才是活路"的人，在朴正熙去世后居然也改口了，他们大肆叫嚣着："当时我们能有什么力量反对他呢？"

一时之间，大多数民众都忘记了朴正熙曾经为韩国所做出的贡献，而一味地将朴正熙视为可恶的"独裁者"，骂朴槿惠为"独裁者的女儿"，甚至声称"不愿意再见到朴槿惠"。

面对这一切，朴槿惠感到又悲伤又痛苦。但是，当时的朴槿惠根本没有任何力量去拆穿他们所说的谎言，也没有办法对那些背叛者进行惩罚，为父亲朴正熙讨回一个公道。因此，朴槿惠最终选择了装傻，她装作自己什么也没听到，什么也没看到，对于他们对父亲朴正熙，甚至是自己及家人的污蔑、诽谤不闻不问，选择"蛰伏"的状态，努力地生存，并且暗中努力地积蓄力量。

或许没有朴槿惠出面，那些满嘴谎言的人觉得没意思了，于是，针对朴正熙以及朴槿惠等人的批判声、指责声逐渐变小了。当朴槿惠积蓄了足够的力量后，她勇敢地重返政坛，最终竞选成功，成为了韩国历史上第一位女总统。

朴槿惠是一个很聪明的女子，她懂得"装傻"的智慧，在面对众人的污蔑而自己力量弱小时，没有与对方硬碰硬，而选择了避其锋芒，暂时"装傻"。不管人们如何诽谤她的父亲和她，她都不予理会，使得那些不真实的负面言论很快就消失了。

傻人和聪明人是相对的。很多女人都想让自己变得聪明，想给大家一个聪明的印象。但是如果把握不好这个度，那就很容易让人觉得是在耍小聪明。这种人，只能在某些方面算是一个精明人。就像一些暴发户总是爱拿着自己的钱到处炫耀，那样的人永远只能是暴发户，而不能成为贵族。

精明的女人会算计，她会对自己身边的所有人做一个梳理。对那些有用的人，她会大加笼络，而对那些没有多大用处的人，则会置之不理。但是，这样的女人，总会给人一种距离感，没有人能够真正和她们相处得十分融洽。《呻吟语》中有一段十分精辟的话："精明也好十分，只需藏在浑厚里作用。古今得祸，精明人十居其九，未有浑厚而得祸。今之人唯恐精明不至，乃所以为愚也。"《红楼梦》中的王熙凤，可谓是人精，但是到最后，她还是因为算计而丢掉了小命，实在是不值得。一个真正的聪明人会在适当的时候会装疯卖傻。

明朝时，有一个当官的叫钟剑，他受到了皇帝的重用，从郎中一职转任到苏州当知府。新官上任，钟剑并没有急着烧那所谓的"三把火"，而是装傻充愣。他假装对政务一窍不通，凡事问这问那，瞻前顾后，故意让大家都觉得新上任的官员十分无知。府里的小吏手里拿着公文，围在钟剑身边请他批示，钟剑佯装不知所措，低声询问小吏如何批示为好，并一切听从下属们的意见行事。这样一来，大家都以为新来的上司是个傻子，什么都不会干，就可以更加恣意妄为了。过了一段时间，钟剑召集知府全部官员开会。会上，钟剑一改往日愚笨懦弱之态，他对这一段时间各位官员的表现做了梳理总结，并呵斥了几个官吏，同时还表扬了几个官吏。最后，钟剑颁布了新的官员条例，并让大家务必遵守。这时，所有的官吏才知道上当了，大家都对钟剑刮目相看，之后做事也就老实多了。

一个精明的人要想获得成功是很困难的，因为大家都知道这个人是精明的，所以都会防着他。这样他的竞争对手就会增加很多，甚至于人们会反过来使出更精明的手段。如果一个人太过精明，那么和你在同一个阵营的人往往会因为觉得你有不错的资质而对你期望过高，而这其实是很危险的事情。过高的期望一旦落空，失望也同样是"过高"的。这样看来，人有时还是"装傻"比较好。

懂得装傻的女人看似愚笨，其实城府很深。人立身处事，不矜功自夸，可以很好地保护自己。即所谓"藏巧守拙，用晦如明"。但是，每个人都以为自己很聪明，谁也不愿意装傻充愣。装傻似乎很难。其实，装傻需要有博大的胸怀和风度。《菜根谭》中讲道："鹰立如睡，虎行似病。"说的是老鹰站在那里像睡着了，老虎走路时像有病的模样，而这并不是它们的常态。这是他们准备吃食猎物前的表演，为了迷惑对手，以便获得成功。

所以，女人们一定要记住：一个真正具有才德的人要做到不炫耀，不显山不露水，这样才能很好地保护自己，也才能更容易地达到目的。

The Sixth Gift

情商

情商可能比能力更重要

远近亲疏，要心中有数

> 与父亲、母亲在一起的日子，是那么的开心、快乐，我真的很后悔没有更多时间与他们在一起。

作为一个女人，不可或缺的幸福是拥有一个温馨的家庭与温暖的亲情。友情或许会存在遗憾，爱情或许会有背叛，只有家会永远以包容的心态出现在你的面前，接纳你所有的一切，不管是对的，还是错的。家能够帮助我们洗去心灵的疲惫，当我们感觉累了、烦了、苦了，脑海中首先浮现的是"家"。

朴槿惠大学毕业了，并且考了第一名的好成绩，父母家人都非常高兴地向她表示祝贺，而且母亲还特意为她挑选了毕业典礼要穿的韩服。这让朴槿惠深刻地感受到了家人对自己的爱，感受到了来自家庭的温暖。

毕业典礼不久后，朴槿惠前往法国留学。不过，她在法国的生活并没有维持很久，六个月后，朴槿惠接到消息：妈妈出事了，她必须早点回家。她心里挂念着母亲，便立即启程回家。到家的时候，朴槿惠发现门口站着大使馆派来的官员。虽然大家看起来十分冷静，但是朴槿惠却产生了一种不祥的感觉。

行李匆匆忙忙地收拾了一下，朴槿惠赶往机场，在办理登机手续的过程中，朴槿惠忍不住走向角落的新闻区。这个时候，她看到了一张报纸上面印着父亲朴正熙与母亲陆英修的照片，上面写着斗大的两个字——暗杀。朴槿惠赶紧将报纸拿起来，第一页就刊登着母亲陆英修的大幅照片。瞬间，朴槿惠的全身就好像被数万伏电流击中一样，心脏就好像被尖锐的利刃刺穿一般疼痛。朴槿惠的眼前瞬间一片漆黑，泪水就好像滂沱大雨一般不停地流下来。搭乘飞机回韩国的途中，朴槿惠就这样不停地以泪洗面，因为她怎么也接受不了这个残酷的现实——母亲被暗杀了。

朴槿惠回想着母亲陆英修送她去法国的场景，感觉就好像昨天发生的事情一样。她怎么也想不到，噩耗突然降临，母亲就这样离她而去。如果她知道母亲陆英修会这样离世，她肯定会守在母亲的身边，多陪陪爱她的母亲。就这样，朴槿惠越想越伤心。

朴槿惠的母亲被暗杀，这让她痛苦不已，同时也从侧面表现出了家人的重要性。毫无疑问，能够与爱自己的家人在一起是一件非常幸福的事情。家对于我们来说，是帮我们遮风挡雨的港湾；而家人对我们来说，则是相当重要的亲人。莫要用自己很忙等理由作为借口，浪费了平时与家人在一起的时光。否则，你最后一定会后悔莫及的。

当然了，我们的父母亲人可能不会像朴槿惠的母亲那样被暗杀，但是，不珍惜与家人在一起的时光，依然会对我们的生活造成很多遗憾，甚至可能会让你后悔终生。因此，在事业中遇到不顺心的事情时，不妨听一听家人的意见，或许会让我们顿悟，找到一片全新的天地；在生活当中遇到不如意的事情时，不妨听一听家人的关怀，这可以让我们重拾前进的动力。即使家人不用任何语言来安慰你，我们也可以从家人那里得到心灵的慰藉。家，让我们感受到心与心的依靠与呵护。

在一个宁静的小镇上，有一堵美丽的蔷薇花墙，足有一米多高。花墙是由这家的男主人威尔逊先生种下的，每当夏天来临这里就会开满蔷薇花。但是，威尔逊太太的坏脾气是这里出了名的，她时常为了一些鸡毛蒜皮的小事与威尔逊先生吵架。在威尔逊先生离世之后，她的脾气就更加坏了，她时常躲在屋子里一个人生闷气，所以镇上的人都不敢随便招惹她，对她敬而远之。

在一个阳光明媚的午后，蔷薇花墙上缀满了美丽的蔷薇花。威尔逊太太正在屋子里休息，突然墙外传来一阵咳嗽声，她急忙出门看，只见一个人影闪过。威尔逊太太大声喊道："谁在那鬼鬼祟祟的，赶紧滚出来！"那个人犹豫了一下，还是站了出来，是一个男孩子。威尔逊太太又大声说："过来！"那个男孩子从角落中一步步挪出来。

威尔逊太太认出他就是住在自己家附近的那个穷小子，好像是叫什么杰克，看上去八九岁的样子。杰克的双手向后背着，好像藏了什么东西。威尔逊太太大声问道："你的手里到底藏了什么？"小男孩犹豫着将身后的东西拿了出来，原来他摘了一朵蔷薇花，而且是一朵已经快要凋谢了的蔷薇花。威尔逊太太严厉地问道："好啊，你是专门来我们家偷东西的吗？"小男孩深深地低下头，躲在墙角的地方一声不吭。威尔逊太太有些不耐烦了，她冲男孩挥挥手说："你赶快离开这吧！"此时，小男孩终于鼓起勇气怯生生地说道："威尔逊太太，我可以连它一起带走吗？它是一朵已经快要枯萎的蔷薇花，只要轻轻一碰，花瓣就会掉下来，您可以将它送给我吗？""你要这花做什么？"男孩有些害怕地回答："我想要送给别人，夫人。"

威尔逊太太耐着性子问："你是想要送给女孩子吗？如果是这样的话，你应该送她玫瑰花，而不是一朵快要凋谢了的蔷薇花。"威尔逊太太的语气变得温和了许多，"告诉我，你想要把它送给谁？"杰克迟疑了一下，伸手指了指不远处的房子，那是他的家。

威尔逊太太此时才想起来这个小男孩还有一个妹妹，那个女孩从出生就患有很严重的疾病，一直不能出门。"你是想要把花送给妹妹是吗？""是的。""哦？""因为我的妹妹从家里的窗户前看到这里的蔷薇花，十分高兴。有一天，她对我说：这里就好像天堂一般，真想要来这里闻一闻花的味道。"

威尔逊太太听到这句话不禁一怔，这里便是天堂吗？自己住的旧房子是天堂？以前自己整天和威尔逊因为一些小事争吵不休，抱怨这个家有多么烂，自己曾多次埋怨这里是可怕的地狱，但是自己从来没有留意过这些蔷薇花。

倘若我们总是拿自己缺少的东西与别人拥有的东西相比，那么我们又怎么会开心快乐呢？我们经常埋怨自己的爱人没有本事，孩子没本事，看到别人的都是好的，对于那些不属于自己的东西心存遗憾，这样，我们与家人都不会感觉到幸福。因此，朴槿惠告诉我们：珍惜与家人在一起的时间才是世界上最幸福的事情。

再好的感情也需要经营

> 每次看到父亲与母亲相互关心，尽心尽力地
> 为彼此付出时，我都深深地感受到：两个人
> 经营的婚姻是那样的幸福！

　　每一个女性都希望拥有一段甜美的爱情，拥有一个幸福的家庭，但是在现实社会中，却有很多对情人不能走完爱情之路，很多对夫妻半途就分道扬镳了，于是，原本甜美的爱情变成了苦酒，幸福的生活变成了恐怖的坟墓。这是为什么呢？我们还是先来看看朴槿惠父亲与母亲的故事吧。

　　朴槿惠的父亲朴正熙经人介绍认识了朴槿惠的母亲，也就是他后来的妻子陆英修。两个人一见钟情，经过几次交往之后，就到了谈婚论嫁的地步。但是朴槿惠的外公陆钟宽却对朴正熙不满意，坚决反对两个人的婚事。好在朴槿惠的外婆对二人的婚事表示支持。最终，陆钟宽妥协了，朴正熙与陆英修走

进了婚姻的殿堂。朴正熙与陆英修都知道，他们的婚姻来之不易，所以对此非常珍惜，努力地经营他们的婚姻。

朴正熙作为一个强权总统，人们很难将军人出身的他与浪漫的诗人联系在一起。但是，当面对夫人的时候，朴正熙让自己变成了一个温柔体贴的诗人，经常用诗歌来表达自己的爱恋，这让陆英修非常感动。

朴正熙工作十分勤勉，每天都工作到深夜，为了帮助丈夫缓解劳累，陆英修经常亲自下厨，为丈夫准备一大桌符合他口味的酒菜。即便丈夫成了韩国总统，自己成了第一夫人后，陆英修的这一习惯也没有变，仍然无微不至地关心着丈夫。

陆英修认为："丈夫的错误，有一半责任源于妻子"，所以她非常用心地经营着自己的婚姻。朴正熙在深爱妻子的同时，也很感激妻子对家庭的付出。而他也努力地让他们的家人更加幸福，在忙碌的间隙，朴正熙除了会给妻子写诗之外，还会给妻子儿女们画画、弹钢琴、吹笛子，一家人生活得相当幸福。

从这个故事中，我们可以清晰地看出，朴槿惠的父亲朴正熙与母亲陆英修都在非常用心地经营他们的爱情与婚姻，所以他们一家人才会生活得那么幸福。与此同时，作为女性的我们也应该明白，不管是爱情，还是婚姻，都需要两个人去经营。只有这样，我们的生活才会是美好的。

爱情之所以让人向往，是因为它甜蜜、浪漫；婚姻之所以残酷，是因为它会将所有的甜蜜与浪漫扼杀。因为在婚姻里，我们不能够再掩饰和躲藏，时间一长，就会发觉，在希望与现实之间，爱情的香气逐渐飘散，渐渐离我们远去。乏味的婚姻生活一天天熬过来，"离婚"一次次冲击着我们的大脑，但最终都是"不离"占了上风。

其实，爱情是需要经营的，而经营爱情就如同保养一辆车一样，需要及时检修，就像种植一棵树，需要适时为它浇水、施肥，它才能够茁壮成长。在婚姻中，最关键的两个词语是沟通和理解，因为沟通才可以理解，理解才可以包容。

在婚姻中，两个人需要用欣赏的眼光看待对方，但是大多数人在婚后就不像婚前那样关注对方、重视自己了，面对无动于衷的丈夫，女人总是感觉自己非常委屈、气恼。于是，不少失意的妻子想要证明自己的魅力，填补内心的空虚，开始到婚外寻找懂得欣赏自己的"爱人"。这样的事情是每一个丈夫都不能接受的。

婚姻需要保养，爱情需要保鲜。女人们，当婚姻出现问题的时候，是不是需要回头想一想自己身上出现的问题呢？婚姻生活需要两个人共同经营，不要因为自己的冲动而抱怨和指责，让彼此冷静下来，想一想，让彼此的双手架起爱的桥梁，相信彼此的努力一定可以找到属于自己的幸福和快乐！

婚姻需要彼此时不时地给予保养，爱情更需要时不时进行保鲜，而不是在进入婚姻殿堂后忽视对方。为彼此创造一个广阔的空间，时常梳理与用心经营自己的婚姻，而不要为所谓的琐事找借口回避自己的责任。在婚姻出现问题的时候，需要的不是抱怨与责备，也不是诉说自己付出了多少，因为爱情是不需要理由的，爱情更不祈求回报，重要的是怎样做。当你发觉对方不对劲时，可以静下心来与丈夫谈谈，认真地想一想自己为婚姻付出了哪些？而丈夫又付出了哪些？

女人们，当婚姻变成"鸡肋"时，如果你还留恋"鸡肋"的香气，那就要将你的关心传递给对方，让对方知道你是在乎他的，试着与对方一同找回曾经有过的激情。不要一味地要求对方改变，那样会让你产生挫败感。既然选择了婚姻，选择了他，就应该洞察他的缺点，就要学会接纳与包容对方。

爱情是包容，是恒久忍耐

> 母亲告诉我，情人、伴侣以及家人之间应该相互
> 包容，这样生活才会幸福。

据《淮南子·说林训》记载："夫所以养而害所养，譬犹削足而适履，杀头而便冠。"意为由于鞋子太小，脚丫太大，因此就将脚丫削掉一块，好让脚可以穿下鞋子，通常用来比喻那些不合乎情理地凑合或者是不符合逻辑地生拉硬套。

提到爱情，很多女人都认为需要削足适履才可以长长久久，可是关于这一点，每一个人的见解都不尽相同——有些人支持，有些人反对，还有人保持中立。其实，与其说爱情需要削足适履，倒不妨说是互相包容。削足适履或许可以让爱情延长，但是却不见得就一定能够得到幸福。在有些人看来，削足适履的爱情并不会得到真正的幸福，因为这是一种毫无条件的

退让与迁就，如此一来，时常退让的这个人就会变得越来越没有原则，失去一个人本身所处的立场。这样的行为与做法本身就是一种不合理的迁就，当一个人连自己的立场都不能站稳的时候，她的感情还有什么持久可言呢？

我们千万不可以错误地把削足适履与适应环境混为一谈，适应环境不能等同于相互适应与包容的，但是爱情本身是需要双方相互包容的，如此一来，感情才会和睦，婚姻才会更幸福。

朴槿惠的父亲朴正熙与母亲陆英修结婚之后，二人的关系十分和睦恩爱，朴槿惠曾经这样回忆她的父亲与母亲：

"父亲与母亲结婚的时候，父亲只是一个贫穷的大兵。虽然他们连一处房产也没有，只能住在租来的房子中，生活十分艰苦，但是母亲却对父亲的现状采取了包容的态度，并且认为只要自己与丈夫共同努力，他们的生活一定会幸福的。

"父亲工作非常繁忙，不能经常陪母亲，母亲对此毫无怨言。而父亲也努力地向母亲靠近，平时严肃的父亲心甘情愿地在母亲面前化身成了一名柔情的诗人。

"从性格来看，父亲比较严肃，目光冷峻、不够宽容，而母亲性格温和、十分贤惠，还富有人情味。父亲与母亲能够做到相互包容，让截然不同的两种性格变成了和谐的互补，从而幸福地生活在一起。"

朴槿惠的父母因为相爱并且懂得相互包容，所以相处得十分融洽，他们的婚姻生活也十分幸福。由此可见，爱情是需要相互包容的。不过，在现实生活中，原本相互吸引逐渐走到一起的两个人，在甜蜜的时光过后因为不能够相互包容而分开的例子也是屡见不鲜的。当你的感情或者婚姻生活遇到难题的时候，千万不可以采取削足适履的方式解决，这样做或许可以让矛盾暂时得到缓解，但是却可能留下遗憾。相互包容的爱情才可以走得更加长久。

最开始时，他们身边的每一个人都不看好他们的婚姻。他高，她矮，他帅，她丑，他脾气暴躁，她性情傲慢，还有就是她比他大三岁。虽然两个人有很多不和谐的地方，但是他们最终冲破重重阻碍，走到了一起。

不过，在结婚之后不久，他的缺点一点点暴露出来了。他的性子非常急，总是为一些小事就发脾气，甚至争得脸红脖子粗。在极度愤怒的时候，还会拍桌子、砸东西，她似乎变成了他的出气筒。

他每一次冲着她大喊大叫，她都不会争执，也不辩解，只是默默地转身走开，来到厨房，倒上一杯白开水。看着自己手里杯子中冒起袅袅白烟，她的眼泪都要流下来了。

十分钟过去，白开水凉了。他在她的身后叫得口干舌燥，她端着温热的白开水，转身对他说："喝点水吧，压压火。"他端起杯子一饮而尽，随之火气也被浇灭了。

他平静下来时，她劝他："你何必发那么大的火呢？伤己伤人，事情原来不就应该是那样……"他听着她的话，心服口服。一遇到事情就发火，已经是理亏，更何况她说的的确很有道理。

最后，她说："既然你知道自己错了，那就写一份检查吧。"他非常听话地拿起笔，认认真真地写起来。

没几天，这样的事情再次上演。当遇到事情的时候，他还是没有办法控制住自己的坏脾气。此时的她还是一言不发，眼含着泪花，倒一杯白开水，等到十分钟过去之后，她再用水浇灭他的怒气，之后，再让他写一份深刻的检查。

他异常愤怒的吵骂声，让周围的邻居都为她抱不平。

有一次，一个邻居问她："他的脾气这样暴躁，动不动就对你发火，你怎么能咽下这样大的委屈？"她想了一下，说："因为爱他，也就能够包容他别人不能够包容的缺点，再说，他的身上也还有很多优点啊。"邻居听到她这样说十分惊讶。

这些话传到了他的耳朵里，他不禁一愣。他从来都没有想过，他发火的时候她需要承受如此大的委屈。一杯开水凉下来的十分钟时间里，她要用多少来忍耐，来抵制当时自己为她带来的伤害？拉开抽屉，抽屉里面躺着他曾经写过的十几份检查。他对她发过多少次脾气？自己早已经记不清楚了。他悔恨地用自己的拳头敲打着头。

后来，再想要发火的时候，他不等她转过身，就自己走到厨房倒一杯白开水，端在手里，看着热气不断向上蒸腾，等到十分钟过去之后，他就将水一饮而尽，火气也随之消去了一大半。

她用一种诧异的眼神看着他。他说："从今以后，不要想着再让我写检查。"

大家将他的变化看在眼里：他脸上笑盈盈地，家里面总是传来一阵阵爽朗的笑声；在公司，他与同事之间的关系也越发融洽了。

和谐婚姻的维持需要彼此宽容、包容，懂得忍让。退一步海阔天空，忍一时风平浪静，这是爱情信条。在婚姻生活中，双方似乎更在乎彼此关系的和谐与家庭生活的幸福，在大多数的时候，只有爱与宽容才可以将婚姻中隐藏的危机化解，并且让彼此的生活越来越好。

正所谓"一日夫妻百日恩"。婚姻将两个人拴在了一起，那么两人就应该对对方尽到一定的责任和义务。两个人可以走到一起，那还会结下什么样的深仇大恨呢？一对夫妻结婚多年，两个人在性格与能力方面都会有所改变。对方有不足之处，应该尽力弥补。自身的优点应该发扬，不要总是要求别人和你一样，因为你身上所具备的优点，或许正是对方身上的缺点，应该用自身的优点，尽力弥补对方身上的缺点。

　　爱是一种包容的体现，需要用博大的胸怀容纳对方。当一个人爱上另外一个人时，或许就注定了要付出与承受太多的苦痛，就算知道这样的付出并不会有回报，却还是义无反顾、无悔无怨。真爱的内涵和本质，并非莽撞少年时期的信口承诺，也并非花前月下时的卿卿我我，而是不经意间的会心一笑，便可以触碰到彼此的心灵深处。爱情的美丽和可贵，并非海誓山盟，而是在婚姻生活中的包容与谅解。

　　毕竟，爱情需要相互之间了解与适应的，最初相识的感觉并不会停留太久。其实，一见钟情也不见得会两情相悦，因为两情相悦是两个人相互理解、适应之后的结果，是二人逐渐磨合之后的产物，而这种磨合是以包容为基础的，并非简单地"削足"。

　　综上所述，女人应该记住这样一段富有哲理的话：爱情是这个世界上最崇高、最伟大的感情。这种感情并非从建立之初就不曾枯萎，永不凋谢，它需要用心浇灌、施肥，更需要包容，才可使之充满活力，让人有前进的动力，让人感觉到快乐，让人体会到幸福。真正的爱是保留在心间的，不一定是浪漫的，但一定是真挚的；真心的爱需要用心去体验，虽不需他人的信任，但是需要他人的验证；真正的爱，不可以用所谓的道德标准来规范，只要彼此心灵相通，只要能够相互理解，真心地对待，包容对方的一切，就已足够。

幸福的婚姻也需要智慧调剂

> 幸福的婚姻并不是什么人都能得到的，只有聪明而富有智慧的人才深刻地懂得夫妻的相处之道，才会有幸福的婚姻。

有的时候，等待爱情就像是到甘蔗地里面去挑一根最大最好的甘蔗一样。一个人走在茂密的甘蔗地里，刚开始看到一根大甘蔗，但是又不敢拔下来，因为不确定后面还有没有更大更好的甘蔗。于是他走啊走啊，挑啊挑啊，直到走出了甘蔗地也没有找出那根最大最好的甘蔗。爱情亦是如此，你在等待的过程中，很可能已经把最好的给错过了。

朴槿惠的父亲朴正熙与母亲陆英修的婚姻，可以算得上是一段幸福而完美的婚姻。据朴槿惠回忆，父亲朴正熙是一个懂得夫妻相处之道的人。父亲朴正熙知道自己的工作很忙，很少有时间陪在母亲的身边，所以总是在一些细节上做得很到位，经常让母亲非常感动。

比如，父亲只要一有时间就会与家人聚在一起聊天，与母亲谈心，以便相互交流感情。每年母亲生日的时候，不管父亲有多么繁忙，都不会忘记向母亲送上生日的祝福。有一次，母亲在自己生日那天去参加志愿服务活动，她自己都忘了招待亲戚与朋友的事情，而父亲却没有忘记，并代替母亲将亲戚与朋友招待了一番。在母亲回来刚进家门之后，父亲就立即走上前，握住母亲的手说："祝你生日快乐。"朴槿惠姐弟们也按照父亲提前安排好的拍手鼓掌，并且将父亲交代他们做的贺卡送给母亲。当时，母亲感动得都快要哭了。

朴槿惠父母的婚姻之所以会幸福，与父亲朴正熙懂得"幸福婚姻的智慧"有着很大的关系。在爱情与婚姻的道路上，我们可能会遇到一些坎坷，很多人都会碰到感情失意的时候，所以想要找到那根又大又好的甘蔗是需要一点机会或者说运气的，与此同时，最重要的是懂得婚姻中的智慧。

一天，一位正在云游的禅师在路边遇见一个年轻男子，男子正在路边放声大哭。禅师走到他身边，问他："年轻人，你为什么哭得如此伤心？"

年轻人答道："我的恋人离开了我，我失恋了。"

禅师说："看来你只不过是个糊涂人而已。"

小伙子听到禅师的话不禁有些愕然，他停止了哭泣气愤地质问："师傅你好不厚道，我都已经如此伤心，你为何还要取笑我？"

大师摇摇头，笑着说："小伙子，是你自己在取笑自己啊。"

见年轻人不解，禅师又说："你哭得如此伤心，说明你心里还是爱她的，既然她离开了你，那就说明对方肯定已经不爱你了，不然她不会那么决绝地离开你。其实在你们俩中间，幸运的是你，你没有失去你的爱，只不过是失去了一个已经不爱你的人而已。真正该哭的应该是那个离你而去的人，她不仅失去了你，还失去了你对她的爱！"

年轻人听完禅师的话，猛然醒悟，感谢禅师让他对自己的感情大彻大悟。他站起来，对禅师深深地鞠了一躬，然后就走回家了。

有的时候，爱情就好像你在路上等公交车，你心中有一个目的地，但是过往的车辆那么多，到底哪一辆才是你该上的呢？有的便利快捷，但是很长时间才能来一趟，如果想等到，需要运气和毅力；有的往来频繁，但是却不能直达，需要中途再转乘；有的车次途径的道路曲折漫长，不知何时才能抵达；有的车过站不停，偏偏你等待的站牌又不对；有的车轻松舒适，随时停靠，却开不到你心中的目的地……

看起来根本不存在一辆百分之百合适的公交车，在这样的情况下，有人不情愿地挤上车，茫然不知所措地走完全程；有的人在慌忙之中上错了车，发现以后又匆匆忙忙地下车了；有的人贪恋路上的风景，错过了目的地，却意外地收获了一路美好的风光……

年轻的时候，我们都抱有无畏的希望，义无反顾地等待心里那班理想的公交车，尽管它班次稀少，可遇不可求。在漫长的等待过程中，人们渐渐失去耐心，有的人随便上了一辆路过的公交，有的人还在苦苦等待，但却不知道自己等待的那辆车早已经停驶了，但是，既然是自己的选择，那么这样的结果就应该由自己承担，没有什么可抱怨的。

当然，等车的时候也会有一些令人意想不到的事情发生，比如有的人刚刚上了一辆自己委曲求全选择的公交车，蓦地回头，却看见他心中期盼的那辆公交车竟然就在后面不远处缓缓开来。他亲眼看着那辆车不疾不徐地停靠在站牌前，车灯一明一灭，似乎在嘲笑那些没有耐心、三心二意的人。有些刚刚赶来的行人从容不迫地走上车去，对自己的幸运却浑然不觉。

我们用等待公交车的过程来比喻等待爱情的过程，但公交车始终只是公交车，我们能登上公交车，需要的只是一张车票而已，公交车没有感情，对我们更不用承担任何责任，人们可以每天乘坐不同的车。但是感情是不一样的，感情是有责任的，两人之间的关系并不只是一纸契约，一旦接受你就必须承担起责任，那么在选择该上哪辆车的时候是不是应该看清楚一点呢？等车人应该对来来往往的车辆时刻保持一颗清醒的头脑，不要等到迫不得已的时候再登上一辆本不属于自己的公交车。换句话说，想要抓住恋爱的机会需要一点儿运气，而一旦涉及婚姻问题的时候就需要一点儿智慧了。

有人说婚姻生活就是开门七件事：柴米油盐酱醋茶，两个人一同相守，一同经历人世中的沧桑变化。在婚姻的慢慢长河中，只有使爱的潮水如暗流般涌动才能把握住婚姻中的幸福，才能守护爱情；也有人说婚姻是这样的七件事：琴棋书画诗酒花，如若没有这种浪漫的情怀相伴，两人之间的浪漫情事便全都被生活中的琐事吞噬，生活中就像一口寂寞的枯井，成为不幸。

又有谁不期待一份海誓山盟的爱情？又有谁不想固守一段相濡以沫的婚姻？古希腊著名的哲学家柏拉图曾经说过："人到世上就是为了寻找另一半。"所以每个人其实都由两部分组成，一半是男人，另一半是女人。寻找与自己契合的另一半的过程也就是寻找爱情的过程，也正是爱情让两个人相知相恋，携手步入婚姻的殿堂，从此以后他们便组成了一个家，这个"家"也就成了他们婚姻的"载体"。

可是不管爱情是多么的浪漫，多么的纯洁，婚姻都是最真实的生活的一部分，它离不开衣食住行，也离不开柴米油盐。既有蜜语温存，也有争吵拌嘴。抛开恋爱时恋人们对婚姻生活的美好向往，真正步入婚姻以后，面对的可能都是鸡毛蒜皮的小事。准备走进婚姻殿堂的人们必须有充足的心理准备去面对这一现实。人生不如意之事十之八九，现实生活中很多事情难尽如人意，缘分已尽、意外发生、一方出轨都可能使两个人的婚姻关系破裂。

另外，对于婚姻，钱钟书先生在小说《围城》里做过一个很经典的比喻：婚姻就像围城，城外面的人想进去，城里面的人想出来。一些围城中的男女误以为只要进入到围城里面，爱情就是自己的了，并且认为维护婚姻是另一方的事。他们似乎忘了一点，那就是婚姻是两个人的事，需要两个人共同细心地经营。在西方的婚礼上，牧师都会问两位新人同样的问题——你愿意嫁给这个男人（娶这个女人）吗？爱他（她），忠诚于他（她），不论贫穷、疾病、困苦，都不离不弃，都一生相随，直至死亡。你愿意吗？这就说明，夫妻双方都有责任去维系婚姻，让爱情的花朵在婚姻中依旧开放，让幸福的甘露在婚姻中依旧甜蜜。

台湾著名漫画家朱德庸说："婚姻不论好坏都是一出笑剧。唯一不同的是美满的婚姻让自己看笑话，不美满的婚姻是让别人看笑话。"为什么这样说呢？在这里可以套用托尔斯泰的那句名言：幸福的婚姻是相似的，不幸福的婚姻各有各的不幸。因为婚姻的组合形式决定了两个背景完全不同的个体，他们之前可能隔着山隔着海，语言文化背景全都不一样，完全凭借着缘分和爱情走到一起并组合成一个家庭，这本身就存在着荒谬戏谑之处。幸福的婚姻一定是需要经营的，并且要永远经营下去。

有的人认为婚姻像一个易碎的水晶玻璃杯，经不起生活的磕磕绊绊，甚至轻轻一碰就会碎。他错了，生活中有多少命运多舛的夫妻，他们的家庭遭遇了无数的变故，在重重的打击后，他们的家庭关系不但安然无恙，家人间的感情反而更加牢固。人们会惊叹他们之间的默契。他们眼里永远只有对方，一个眼神、一个微笑都脉脉含情。

　　为什么会出现这样的情况呢？究其原因就是因为他们在共同的经历当中培养了彼此的默契，双方心心相印相爱相助，使自己成为了对方心目中那个无法替代的人。他们把自己的身体当作大山，以自己对对方的爱作为坚定的信念，牢牢守护着自己的"杯子"。他们用自己的心来守护他们的婚姻之杯，所以它才如此坚硬，才能不怕风吹雨打。人们常说"十年修得同船渡，百年修得共枕眠"，前世一万次的回眸，才换来这一世的擦身而过。既然缘分是那样的珍贵，那么就应该珍惜并且用心呵护好婚姻这只玻璃杯，使它永远流光溢彩。

　　综上所述，相比于宇宙的无尽苍穹，作为女人的我们是如此的渺小，就好比沧海一粟。要在这茫茫人海中找和自己情投意合的人其实是很难的，难免要靠那么一点运气。当然，除了运气，还需要智慧。所有成功的婚姻都需要双方共同努力来经营。每个人身上都会有些小毛病，能包容的就尽量包容好了，让大事化小，小事化了。有时候睁一只眼闭一只眼，心里反而会舒坦一些，过分地纠缠一些无谓的细枝末节，天长日久，只会伤了彼此的和气。所以，如果想拥有美好的爱情和幸福的婚姻，就要在抓住机遇的基础上，具备一些驾驭生活的智慧。

失去岁月也不能失去友情

在清泠浦的短暂时间，时光仿佛像是倒转了几百年。我与端宗（朝鲜王朝第5代国王）为伴，而他也成了我的好友，两人并肩席地，你一言我一语地聊起胸中深埋已久的真心话。当我离开时，鼻头微酸。这些日子的平静是我在出任第一夫人时想象不到的。

　　亲爱的女士朋友，你是否拥有很多朋友？在你感到孤独寂寞的时候，是否有朋友相伴左右？在你遇到挫折坎坷的时候，是否有朋友给予帮助？在你因为伤心难过而痛哭流涕的时候，是否有朋友为你擦拭眼泪？在你取得成功兴奋快乐的时候，是否有朋友与你一起分享？友情是一种很奇怪的东西，但它却会给你带来无限的支持与力量。

　　朴槿惠曾经独自一人前往法国留学，在那里她认识了很多新朋友，有来自美国的、英国的、德国的，也有来自日本的。

　　作为一个女孩子，朴槿惠独自在异国求学，必然会感到孤单、寂寞，幸运的是，有很多朋友陪在朴槿惠的身边。她们经常在一起讨论问题，畅谈理想，有的时候，也会相互问一些十分奇怪的问题。

与朴槿惠关系最好的朋友是一位来自德国的金发女生，她经常与朴槿惠在一起聊天。这位女生对韩国特别好奇，不仅是由于当时韩国的政治状况与德国类似，而且还由于她对东方文化非常感兴趣，梦想着将来在联合国工作。所以，她经常会问朴槿惠各种各样的问题：

"听说你们国家的房间与地板都会发热？"

"听说在路上接吻会被人骂？"

有的时候，她提出的问题会让朴槿惠大笑不止，在很大程度上冲淡了朴槿惠的乡愁。朴槿惠很喜欢这个活泼、幽默的女生，经常与她一起用晚餐，每天都有很长一段时间与她待在一起。这也让朴槿惠不再感到那么孤单了。因此，朴槿惠很珍惜她这个朋友。

当朴槿惠只身前往法国求学时，她不自觉地想念自己的祖国以及父母亲人，并且感到孤单、寂寞。正是朋友们陪在她的身边才让她不再感到孤单，尤其是那个她十分喜欢的德国女生。这些朋友给了她无限的关爱与支持，友情的力量就是这样神奇！

安妮的家庭并不是十分和谐，她的父母经常吵架。她就是在父母的各种争执和吵闹声中长大的，并且养成了十分孤僻而怪异的个性。她非常自卑，十分畏缩，没有一个朋友，总是独自一个人躲在角落中默默地承受着寂寞和委屈。

安妮结婚之后，生活还算可以。但是，一场意外的车祸使她的丈夫与孩子命丧黄泉。尽管她非常侥幸地逃过了一劫，保住了性命，但是却因此失去了两条腿。这使得她丧失了继续活下去的勇气，不再对生命存有任何的希望，所以，她变得更加自怜自怨，也更加沉默与消极了。对于来自他人的关怀，她往往秉持拒绝的态度，整天坐在轮椅上待在家门口，两只眼睛无神地看着大街上来来往往的行人。

"当时，我已经万念俱灰，每当到了晚上，我总是惊慌失措地坐在电视机前，恍恍惚惚地盯着电视中的画面，只有伏特加才是我最亲密的'朋友'，"安妮感慨万千地回忆着曾经那段灰暗的岁月，"直到后来，我遇到了西蒙，我的生活才发生了戏剧性的改变。"

安妮说："西蒙并不是一个看了就让人喜欢的人。他身上虽然穿着西装，但是很显然，衣服的料料并不好而且裁剪又显得太大了。由此可见，西蒙的经济条件相较于我也不是很好。然而，他总是面带笑容，以一种相当友善的态度热情地与我寒暄。"安妮脸上带着微笑地回忆着她与西蒙第一次相见的情景。尽管她语调中充满了调侃的语气，可是，她的眼神中却闪现着感激的神采。

"西蒙非常真诚地想要与我成为知心好友。他在了解了我的过去之后，告诉我他曾经也经历过一段不太愉快的童年往事。他用最大的耐心与我相处，不厌其烦地为我清洗由于饮酒过量而呕吐出来的污物，每天真心实意地嘘寒问暖。他让我深深地感受到了我长久以来都没有体会到的人情温暖；他告诉我'月有阴晴圆缺，人有悲欢离合'，他过去也曾经由于不能经受得住打击而有过一段同样荒唐的岁月。'当失意打击降临时，麻醉自我只不过是虚幻地进行自我欺骗，封闭自我只不过是毫无意义地进行自我乞怜；人生需要知心好友，才能够帮助自己将内心的苦闷纾解出来；人生需要友情的安慰，才能够将内心没有办法排除的忧虑化解掉，而明朗的心境则是获取朋友的珍贵法宝，坦率真诚的态度是赢得友情的唯一捷径'。

"西蒙是我倾诉的最好对象，每当我抱怨往事的时候，他总是在一旁静静地聆听。他嘴角总是挂着笑容，从来没有因为我蛮横无理的任性而稍微有所消逝，他设身处地为人着想的神情更没有因为我永不停止的偏激而稍微有所改变；他往往会在我任性地丧失了理智，偏激地失去了平和时，适时地给我以正确的引导与鼓励。他告诉我，生命之中谁都有可能跌倒，但是，多了朋友的帮助，爬得的时候必定会更加轻快一些。生命之中谁都需要鼓励，即便自立自强是永不改变的宗旨。"

在经历成长中无数起伏和波折的时候，我们往往需要结交一些知心的好朋友。

在我们取得成功的时候，她们会非常衷心地为我们欢呼庆贺；在我们感到悲伤的时候，她们会十分温柔地为我们分解忧愁。朋友就是与我们一起努力迈过成长岁月的伙伴，而友情就是支持我们在人生的道路上迅速前行的巨大推动力。友情最为珍贵的地方，就在于双方没有条件地相互体谅；友情最为可爱的地方，就在于双方毫无保留地相互扶持。友情使我们的人生道路永不孤寂，使我们的生命岁月中永远有一份依靠。

朋友，不管国籍，不管肤色，只要真诚地交往，总是在人生的道路上与我们同行的伙伴；友情，不管天涯，不管海角，只要真心地珍惜，总是在人生的过程中助我们向前行走的力量。它就是我们生命当中一抹灿烂的阳光，为我们的生活增添了无限的光芒。

因此，请相信朋友的珍贵意义，友情的伟大力量，真心实意地交一些朋友。这样一来，我们的人生道路将会走得更加顺畅，我们的明天将会更加灿烂美丽。

给对方自由，不过分要求

> 母亲从来都不会对父亲提出过分的要求，总是给
> 父亲充分的自由，而父亲对待母亲亦如此，因
> 此，两人相敬如宾，异常恩爱。

众所周知，恋爱初期，两个人都会非常羡慕那种朝夕相处的生活，恨不得时时刻刻都黏在一起。即便浪迹天涯，只要在一起就觉得无怨无悔。然而，到了两个人真正走进婚姻的殿堂之后，这种渴望就会被逐渐地淡忘，甚至开始逐渐地厌烦对方，开始觉得对方身上有很多的缺点。再也没有恋爱初期的火热，二人之间就会开始出现各种分歧争执，最后甚至分道扬镳。怪不得很多人都说："婚姻就好像一座围城，外面的人想冲进来，而里面的人则想冲出去。"

在追求甜蜜爱情与幸福婚姻的路上，你给对方的是紧紧的束缚还是足够的自由呢？要知道，婚姻不仅需要包容，也需要

自由。朴槿惠虽然没有结过婚，但是她与父母的相处模式却同样适合现代的婚姻生活。

朴槿惠可以算得上是出身于红色家庭的人，父母都是政界要员，尤其是父亲朴正熙是韩国最高领导者——总统。拥有这样的背景，如果父母要求朴槿惠进入政界，然后在一旁进行培养，那么朴槿惠的前途必然是光明的。在现实社会中，很多有些背景的父母都希望孩子能够继承自己的基业，所以，即便朴槿惠的父母要求她从政也是可以理解的。

然而，朴槿惠的父母却没有给她安排好要走的路，而是给她充分的自由，让她根据自己的喜好，选择自己的职业及以后的道路。因此，朴槿惠上大学的时候选修了自己喜欢的专业——电子工程学，而且还曾经梦想着结婚生子，过平凡人的生活。对此，朴槿惠的父母都不曾反对，一家人相亲相爱，过得非常幸福。如果不是后来父母先后遇刺身亡，她也不可能走上从政的道路……

朴槿惠的父母是明智的，他们深深地懂得与子女相处之道：在正确引导的同时，给子女充分的自由，这样一家人才能过得幸福。其实，这种相处之道不仅适用于父母与子女之间，同时也非常适合爱人、夫妻之间。因此，不要总是嫌弃你的另一半这里不好、那里不好，也不要指使你的另一半做这个、做那个，或者总想将对方改造成你心目中完美的人物。要知道，每个人都是独一无二的，给对方充分的自由，才是两人和谐相处的秘诀。

狄斯累利说道："我在一生之中会做不少愚蠢的事情，但是，我从来没有想过为了所谓的爱情去结婚。"他的确没有为了所谓的爱情去结婚。在35岁之前，他一直是一个单身汉，后来，才向一个拥有万贯家财的寡妇求婚。这个寡妇居然比他大15岁，已经年过半百了，满是白头发。他与她结婚是因为爱情吗？答案是否定的。而她对此自然也非常清楚，他并不爱她，而是为了她的财产才将她娶回家的。所以，她提出了一个要求：让他再等自己一年，以便她有机会对他的人品进行研究。一年以后，她与他结婚了。

与狄斯累利结婚的这个寡妇虽然非常有钱，但是她已经不年轻，也不漂亮，而且更不聪明。她说话的时候经常错误百出，凸显了她在文学以及历史知识方面的贫乏。比如，她从来都不晓得历史上到底是先有的希腊人，还是先有的罗马人。她在服饰方面的审美观非常奇怪，而且她对于家庭装饰的偏好也是相当奇特的。然而，在对婚姻生活中最为重要的事情进行处理的时候，也就是怎样对待男人方面，她却是一个无人能比的天才。

她不会想着在智慧方面与狄斯累利比拼。当狄斯累利与那些聪明的女公爵们周旋了整整一个下午，拖着疲惫不堪的身体回到家后，她会与他说一些家常话，帮助他放松下来。于是，家就成了狄斯累利寻求心神安宁的场所，而且他还能够尽情地享受她的宠爱。他对这个家越来越喜欢了。狄斯累利在与这个年龄比自己大的妻子相处的过程中，感受到了快乐，这也成为了他一生之中最快乐的时光。妻子不仅是他的伴侣，而且还是他的亲信，同时也是他的顾问。每天晚上，狄斯累利从众议院匆忙赶回家之后，都会将这一天所知道的新闻告诉她。而且最重要的是，不管狄斯累利做什么事情，妻子都对他非常信任，认为他肯定会成功。

30年来，她只是为了丈夫狄斯累利一个人而活，甚至她自己的全部财产也只是为了让丈夫狄斯累利生活得更为舒适一些，而她所得到的回报就是，自己成为了丈夫狄斯累利心中的女神。在她死后，狄斯累利才被册封为伯爵。当狄斯累利只是一个平民的时候，他就向维多利亚女王提出晋封妻子为贵族的请求。于是，在1868年，妻子被册封为比肯菲尔德女子爵。

虽然她经常在公共场合表现得十分愚蠢、笨拙，但是，狄斯累利从来没有批评过她，从来没有对她说过一句责备的话。倘若有人敢讥笑玛丽，狄斯累利就会马上站出来，言辞激烈地为她辩护。她并不是一个十全十美的人，可是在与狄斯累利结婚的30多年中总是不知疲惫地谈论自己的丈夫，赞美他、夸奖他。对此，狄斯累利说道："我们结婚已经有30年了，可是我从未对她感到过厌烦。"（有些人因为她对历史一窍不通，就认定她是一个十分愚笨的人而厌烦她。）

对于狄斯累利来说，妻子是他一生之中最为重要的人。因此，她经常对自己的朋友们说："对于他的爱，我十分感谢。我的生活变得更加精彩，成为了永不谢幕的喜剧。"他们两个人还常常会开个小玩笑，狄斯累利说道："你心里也清楚，不管怎么样我都只是为了你的财富才与你结婚的。"她则会微笑着说："没错，的确如此。但是倘若你可以从头再来的话，那么你就会为了爱情而与我结婚，对不对？"她并非一个完美的人，但丈夫狄斯累利却十分聪明地给了她自由，让她保持了自我本色。

就像亨利·詹姆斯所说的那样："与别人相处的时候所要学习的第一课，就是不要对别人寻找快乐的特殊方式进行干涉，倘若这些方式并未对我们产生比较强大的阻碍的话。"里兰·弗斯特·伍德在自己的作品——《在家庭中共同成长》中也提到："如果不想婚姻失败，那么绝对不只是寻找一个好配偶，而你自己也应当成为一个好配偶"。因此，倘若你想要自己的家庭生活变得幸福快乐的话，那么请记住这一项原则：不要试图改变你的伴侣，要给对方自由。

平凡才是唯一答案

> 不要总以为轰轰烈烈的爱情才是最美的，其实，平平淡淡才是生活的真谛，能领悟此真谛的人，必能得到幸福的生活。

　　如果将生活比喻成一串珠链的话，那上面的珠子就是生活中一件又一件的琐事，婚姻生活也是如此。很多女人认为，婚姻生活就应该是恋爱时恋人间温馨浪漫的延续，是童话的续集，但是实际情况是婚姻就是日常生活的一部分，是两个人相互搀扶着一起生活。"酸甜苦辣咸香涩，柴米油盐酱醋茶"一样都不会少，这才是真实的生活。

　　至于我们在影视剧中看到的那些婚姻生活里的种种浪漫到让人羡慕的桥段，其实是把婚姻生活中的小部分美好无限量地夸大了。不过一旦跳出影视剧细细地观察生活，你会发现生活也许会有许多的浪漫，但是更多的时候还是平淡或是苦涩的，这时候就需要两个人共同去面对。

众所周知，朴槿惠是一个"嫁给"国家的传奇女子，但是在婚恋方面，她也像其他少女一样有过自己的想法，她并不是从少年时期就已经决定放弃婚姻，一心一意从政的。据朴槿惠回忆，她的母亲陆英修曾经对她教导时说道："人生最幸福的事情就是寻找一个好的伴侣，两个人相依为命地生活。"所以，朴槿惠也一度想要寻找一个爱自己的人，然后过着相夫教子的普通人的生活。在朴槿惠看来，平平淡淡才最真，与爱人过平淡的生活，才是最幸福的。

然而，一个人的出身是无法改变的。朴槿惠曾说道："偶尔在路上看到结婚生子，牵手散步的老夫妻，那平凡的小幸福，是那么的美丽与珍贵。可能是由于自己未曾有过那样的生活吧，所以才会觉得更加可贵，也更加羡慕。"

"平平淡淡才是真"，生活本来就不是轰轰烈烈的，婚姻生活也是如此，无法逃离日常那些琐碎的事情，如果你只是一味地期待自己能永远活在甜蜜浪漫里，那么最终只能感到失望。不要抱怨你的婚姻生活不如你想象得那么美好，要细细品味埋藏在这些琐事中的幸福，这样幸福方能一直追随着你。

香港著名影星刘德华就曾经说过："我想，我不知道怎么去表达我的感情。我把自己的感情都错放在一个又一个的角色里，谈情说爱，七情六欲，都是导演设计好的感情世界，回到现实中，我只是一个渴望拥有持久平淡的爱情的普通人。"尽管他曾经出演过那么多部电影，尝试过不同的身份，经历过那么多轰轰烈烈的故事，但他明白，这只是艺术创造出来的幻想，而一个人不能只活在这些幻觉当中，应该学会接受属于自己的平淡的人生。

人们常说：细水方能长流，生活的容载量禁不起翻腾的江水日日澎湃，这样终会有枯竭的一天。但是，纵然是涓涓细流也会溅起幸福的小浪花，平淡的夫妻生活也可以每时每刻都充满幸福的味道，伤心时真诚的安慰，失落时默默的陪伴，夜晚时一盏守候的灯和快乐时一个情不自禁的拥抱，这些都是婚姻生活中的幸福和美好，只要你真的懂得这些幸福的可贵之处，你的婚姻就一定能够长久。

电影《爱情呼叫转移》就讲述了一个处在中年危机的男人想要重新寻找幸福婚姻的故事。电影中，徐朗提出了离婚，但他的妻子说，想要离婚至少得给我一个理由，于是，徐朗滔滔不绝地说道："你在家里面永远穿这件紫色的毛衣，你不知道我最讨厌紫色吗？我讨厌看见紫颜色。刷牙的杯子得放在格架的第二层，连个印儿都不能差；牙膏必须得从下往上挤？我就愿意从中间挤怎么了？每个周四永远摆脱不了炸酱面、电视剧、电视剧、炸酱面；还有，你吃面条的时候，能不能不要嗦着那个面条一直打转转？"这就是徐朗想要离婚的理由——他忍受不了婚姻的平淡。

后来他遇到了一个天使，天使给了他一部手机，通过这部手机徐朗拥有了十次选择的机会，就这样，他开始了一段不平凡的生活。通过这十次的选择，他见识到性格各异，身份不同的美女，但是每一次的经历都让他觉得疲惫不堪，最后他终于知道了，自己想找到的幸福就在他原本认为平淡无奇的婚姻生活中，他开始想念自己的妻子。可是，当他再次回到家中，再次面对同样的炸酱面时，却发现那碗"炸酱面"已经另有所属了。

没有人会永远等着你，幸福也是这样，如果你不懂得珍惜，它很有可能从你的指缝中溜走，等到你后悔的时候，才发现已经追悔莫及。

有的时候，人们会厌倦生活的平淡，抱怨身边的人浪漫不再、容颜不再，这的确是生活的残酷之处，但其实生活也是很公平的，安排了很多微小的幸福在那些不易被人察觉的小地方。因此，一定要记住：抱怨只会毁了你现在看似平淡的幸福生活，只有用心地去发现去体会平淡生活中的美，你才会懂得珍惜现在的生活，平平淡淡才最美。

不要让真爱输给了面子

> 作为一个男人，尤其还是一个身居高位的男人，父亲很在意面子问题，但父亲绝对不会因为面子而丢了真爱。

女人都知道，每个人都有尊严，每个人都爱面子，可以说，面子就代表着一个人的尊严。当然了，这并不是说爱面子就是维护了自己的尊严。每个人都不希望别人对自己的自尊造成伤害，但却不愿意承认自己是一个爱面子的人。遇到伤及面子的事情，有些人可以忍耐，认为即便丢了面子也并非什么不能接受的事情，但是有些人却表现得异常恼火，甚至做出些令人意想不到的事情。那么，如果将面子与真爱相比，到底哪一个更重要呢？

根据朴槿惠的日记，在"8·15"光复节庆祝典礼进行的过程中突然响起了枪声，人群瞬间慌乱起来，人们开始四处逃审，原本正在朗读庆祝致辞的父亲朴正熙赶紧躲到讲台后方。随着两声枪响，原本端坐在位子上的母亲陆英修突然垂下了头。第一个看到这一幕的是父亲朴正熙，他立刻大步走出来，冲着警卫人员喊道："送医院！"

由于伤势严重，母亲陆英修还是于8月15日晚上7点离开了人世。当父亲朴正熙得知这个消息后，顿时眼眶就红了，然后不顾在场的众人突然起身直奔客厅的洗手间，久久地没有出来。众人心里都知道，朴正熙因为太难过而躲进卫生间哭了起来。

朴槿惠与弟妹为母亲陆英修守灵的时候，父亲朴正熙每天凌晨都会来哭灵。每次他都会走到放置陆英修遗体的帷帐后面，轻轻地摸着棺木，高声喊着陆英修的名字，然后放声大哭。朴正熙的哭声非常大，后来干脆就变成了号啕大哭，朴槿惠感到整个屋子的窗玻璃都快要被震碎了。每当这个时候，朴槿惠都不忍心看到父亲朴正熙痛苦的样子。朴正熙每次从帷帐后面走出来的时候，满脸都是泪水，让四周的侍从官也感到悲痛欲绝。

朴正熙不仅是一个大男人，更是韩国的总统，一个非常强势的领导者，但是面对爱妻的离世，他悲痛万分，情不自禁地流下了眼泪。他没有因为面子问题而故意表现出一副冷静的样子，反而在众人面前哀号流泪，以此来表示自己对妻子的爱，表现妻子的离开给他所带来的悲痛。

在对待感情的事情上，不管是男人还是女人都一定要注意：真爱大于一切。倘若双方产生了误会或者矛盾，因为面子问题都不愿意低头而使得问题不能得到及时解决，那么只会让矛盾越积越深，进而让爱情逐渐走向死亡。

一对年轻人结婚后不久，丈夫就接到政府的通知需要奔赴前线打仗，他将身怀六甲的妻子独自留在了家里。三年的时间一转眼就过去了，丈夫终于可以从前线回来了，妻子知道这个消息后异常兴奋，带着儿子到村口迎接。当这对年轻夫妻再次重逢的时候，深情相拥，眼泪直淌。他们都认为是因为祖宗一直在保佑着男人，才可以让男人平安归来。丈夫让妻子去市场上买一些水果、鲜花之类的东西，回来祭祀祖先。

妻子去菜市场买菜的时候，父亲便开始逗起儿子来，想让儿子喊一声爹。但是，小男孩稚气又认真地说道："先生，你并不是我爹，我爹每天都会来陪妈妈说话，妈妈还一边说一边流泪，妈妈坐下，我爹就会坐下，妈妈躺下，我爹就会躺下。"这位年轻的父亲听到这些话之后，心里顿时凉了半截，脸色也变了。

女人回来了，丈夫连正眼都没有看她一眼，就一个人拿着鲜花、水果开始祭祖。等到做完之后，他还没等妻子跪下祭拜就将垫子卷了起来。他认为，这样的女人已经没有脸面再祭拜祖先，只会给祖上抹黑。此后，他就经常到村里是闲逛，每天喝得醉醺醺地回家。妻子一脸疑惑，不知道发生了什么事情，为什么自己日思夜想的人回来之后会变成这样。就这样，妻子再也忍受不住，终于有一天投河自尽了。

为妻子办完了丧事，男人点起了煤油灯。这时，他的儿子突然跑过来说："快看啊，这就是我的爸爸！"小男孩开心地指着男子在墙上的影子："是的，我的爸爸每天晚上都会跑过来，妈妈说这就是我的爸爸，所以每天都跟他讲话，说着还会哭起来，妈妈坐下来，爸爸就会跟着坐下来，妈妈躺下来，爸爸就会跟着躺下来。"

原来，几个月之前，小孩问起他父亲，她便指着墙上的影子说："这个就是你的父亲。"女人不知如何才能将自己的思念表达出来，于是，就经常对着自己的影子诉说："亲爱的，你已经走了这么久，什么时候才可以回来，我真的好想你。"

　　年轻的父亲突然恍然大悟，但是，已经太晚了。如果当时他可以放下面子，问自己的妻子："亲爱的，我的心里真的好苦啊。儿子跟我说，每天晚上都会有一个男人来家里陪你，陪你说话，陪你流泪，你坐下，他就坐下，你躺下，他就躺下，这个人是谁啊？"她就有机会解释，这场悲剧也就不会发生。可是，他没有这样做，他太把自己的面子当回事，他一想到妻子做出了对不起自己的事情，就羞愧得不得了，哪里拉的下脸来问呢？

　　那么年轻的妻子呢？她是不是犯了同样的错误？虽然感觉丈夫的行为怪异，自己受到了莫大的羞辱，但是也没有丢下面子去问丈夫。如果女人可以放下面子，敞开心胸说："亲爱的，我的心里真的好苦啊，我不明白自己究竟做错了什么，你为什么连正眼都不看我一眼，还不让我祭拜祖先，每天喝得醉醺醺回家？"如果她这样做了，她的丈夫就有机会向她解释小儿子说的话，可是她没有。

　　故事中的夫妻因为面子而错过了今生的缘分，也为彼此留下了深深的遗憾。原本这样的悲剧是不应该发生在二人之间的，但是却因为彼此的"颜面"而毁掉了这个原本幸福的家庭。

　　对于现代人来说，"裸婚"一词已经变得不再陌生。虽然没房、没车、没钻戒，只有双方父母的见证与法律上的一纸婚书，但爱情却将两个人紧紧地联系在一起。或许很多人认为，这样简单的过程是很伤面子的，甚至会让人瞧不起。现在，有房有车成为了很多人的择偶标准，婚礼更是必不可少的。但是，也有男女双方相亲相爱，难舍难分，却因为没有能力举办婚礼而变得焦虑不安的情况。有些人可能会等到有能力购买车子、房子的时候再考虑结婚的事情，而有些人却不愿意因此耽误了青春，让美好的时光从身边悄悄溜走。或许这些人并不是不喜欢光鲜亮丽的形式，只不过是这些人更加懂得：倘若彼此之间真心相爱，还有什么困难是不能够克服的呢？

　　这主要看你结婚的目的是什么：是冲着物质，还是冲着人？倘若你结婚的目的是为了选择一个如意郎君，只愿意平平淡淡与对方共度一生，那就没有什么可抱怨的。

　　真爱与面子究竟孰轻孰重呢？爱情是双方的，双方都有所付出才叫作真爱，如果一方为了面子连一句真心的话都不愿意说出口，那就说明你根本不爱对方，或者只是想在亲戚朋友面前显摆，非要举办一个风光的婚礼而不去考虑对方的经济实力，那这样的爱便不是真爱了。不管在任何时候，输给了面子的爱都不叫真爱。

The Seventh Gift

处世

如何得到更多的喜欢与尊重

社交就是与每一个人的"外交"

> 在社交舞台上，如果想与别人并驾齐驱就需要有自己温柔的风范与气度。如果能够熟练运用各国语言，这更是锦上添花。

外交是一种能力，优秀的"外交家"可以更轻松地建立属于自己的圈子，这样的人更容易地成就一番大业。不管你是什么人，也不管从事什么行业，都应该让自己成为一个出色的"外交家"。

由于父母从政的原因，朴槿惠从小就知道，不管在什么时候，一个人的外交能力是非常重要的，所以，她一直有意识地培养这方面的能力，并且做得很好。朴槿惠很好地处理了同学之间，或者是与其他人之间的关系，深受众人的喜爱。

朴槿惠初次登上外交舞台之时经常参加一些大型庆典活动，因此她的外交经验越来越多。但是，朴槿惠在与人交流的时候存在一个障碍：外语能力欠佳，导致她与某些重要人物沟通起来有些麻烦。于是，朴槿惠开始努力地学习英语，有意识地去记忆单词。无论是早上起来叠被子，还是织毛衣，甚至刷牙，她都要挤出哪怕是一秒钟的时间来背单词。搭乘公交车的时候，整理房间的时候，这些都是她学英语的时间，她不是背单词就是听录音带。她强迫自己用英语阅读。后来，她的英语水平已经达到了可以阅读英文原版的文学书籍的程度，比如海明威、莎士比亚，还有犹太法典《塔木德》。这个时候，朴槿惠深深地感受到了克服这个障碍所带来的兴奋感与成就感。于是，她又开始接触法语和西班牙语。

由于精通好几个国家的语言，朴槿惠的外交能力更上一层楼。她不仅可以通过阅读各国原著书籍来更好地开阔眼界，洞悉不同民族的文化与本民族文化的差异，还与很多其他国家的大人物成为了好朋友。出色的外交能力，不仅帮助她顺利地完成了工作，而且还促使她的工作与生活提升到了一个新的高度。那是一种极其美妙的满足感，与美味的食物或者漂亮的衣服所带来的快乐完全不在一个层次上。

德国著名作家歌德曾经说过这样一句话："人不能够孤独地活着，他需要社会。"要想融入社会，那么必然少不了应酬。作为普通人的我们，或许不能拥有朴槿惠那样超强的外交能力，但是我们也应当掌握基本的外交技能，从而结交更多的朋友，为我们的生活与事业增加一些砝码。

然而，在现实生活中，社交应酬却是很多人胆怯的事情，尤其是女性朋友，因为她们害怕未知，担心被伤害。所以，有许多女人宁可独自一人在家中上网、看电视、睡觉，抑或一个人偷偷地吃美食，也不肯轻易地走出家门，到人多的广场晒晒太阳，与别人打交道。

当然了，现代社会是一个发展迅速，信息丰富且便捷的社会，完全可以让女人宅在家中、足不出户而知晓天下的事情。然而，人不可能一辈子都驻足家中，这种方式总归是治标不治本的，不是长久之计。

很多女人选择留在自己的家中并不是她们的精神出了问题，而是各种各样的原因造成的。她们可能认为不与别人进行接触可以更好地保护自己；也可能是与人际关系有关的事务过于繁忙，超载的信息量让她们的大脑一时转不过来而变得越来越疲劳，让她们被迫选择蜗居在自己的家中。

实际上，导致女人畏惧外交的最直接的原因是她们不擅长与别人交往或是主动交朋友。她们选择了用"躲避"社交的方式防止更多信息的侵入，以便增强自我保护，防止心理伤害的发生。殊不知，这样的做法只会给自己的心理带来更大的阴影以及未知的后遗症。

社交应酬是一种能力，我们应当好好地进行研究，认真地学习，躲避不是解决问题的办法，学会社交应酬才能从根本上将问题解决。

"我平常的确不怎么喜欢说话，会让别人误以为我不喜欢搭理别人，但这仅仅是一种表象！我从未想过不搭理别人，我也是需要朋友的，我也需要与人进行沟通与交流，可是我真的不清楚该如何与人们聊天。"小兰是一个性格极其内向的女孩子，平常寡言少语的她在进入社会后依旧不擅长言谈。

"其实，这是因为我自暴自弃。见到别人相谈很融洽，我也特别想与他们去聊聊天，甚至吹牛也可以。然而，我不知道人和人之间为什么有如此多话要说。"实际上，小兰向往未知的事物，内心深处也非常想要融入社会的大集体，可是却不清楚如何迈出第一步。

"我常常一个人努力工作，因为我不愿意将时间都浪费在闲聊上面，更何况，我根本就不晓得应该与人聊些什么。"或许由于成长环境的影响，小兰误解了人和人之间的关系，她不能正确看待人与人之间的日常交往。

"可是，现在我发现这样做并不好，因为同事们慢慢地都与我走得越发远了，最为恐怖的是，老板到目前为止都不知道我叫什么名字，我真的担心有一天他忽然想起来了，然后开除我！小文，你告诉我，我到底应该怎么办才好呢？"最终，小兰发现了问题的所在并且满怀无奈地向最好的朋友倾诉。

小文是一个性格活泼而开朗的女孩子，精通社交应酬的要诀。

"你现在认识到了这个问题，这已经算是一个非常大的进步了。不需要太拘泥形式，只要尝试着与同事们聊聊天，就是一件令人快乐的事情。"小文明白小兰并不是不懂社交，只是刚开始的时候有些害怕，因此，她需要先好好鼓励小兰一番。

"可能刚开始的时候，对于他们的聊天内容，你并不感兴趣，抑或是不太'懂行'，甚至根本弄不明白他们到底在聊些什么。这些都属于正常现象，但是，你必须去不断地进行尝试。即便起初仅仅只能偶然插进去两三句话也没关系，只要多多加入与人聊天的行列中就可以。一次不行，可以两次。与此同时，你要多在私下恶补一下相关的知识，准备下一次聊天的谈资。"小文是一个非常细心的女孩子，因此叮嘱得也十分仔细。

"问题的关键就在于，不要太在乎面子。在加入人群的初期，你甚至可以直接对同事们说：'这个我都没有听说过呢，你是怎么知道的？能否多给我讲一讲？'你的同事应当会很高兴地为你做一次常识普及的。时间长了，你不仅会与他们成为聊天的好朋友，而且也能够十分顺利地融入到同事的圈子中啦。"小文就好像一名老师似的，非常耐心地为小兰讲述经验。

　　就这样，小兰认真地听取了小文的意见，顺利地完成了人生中的一次转变。尽管这是一次无形的转变，但是，她却成功地战胜了自己，为自己争取到了职场中的一席之地。

　　总而言之，当一个女人需要冷静的时候，她需要独处才能够很好地思考问题。可是，在问题思考完了之后她还是需要融入社会群体中继续自己的生活与工作的。对于女人的成长与成熟而言，独立思考与社交应酬都是相当重要的。

有个好人脉，就有好未来

> 与真诚、真挚的朋友促膝谈心是我最愉快的事
> 情，会觉得比任何瑰宝和鲜花都更加美丽。

亲情可能只是一种责任，爱情可能只是一种目的，唯独友
情才最令人感动。因为它只有付出，没有索求。它总是默默地
守在某个不起眼的小角落中，在你因为做出某些成绩而开心的
时候，真诚地为你送上祝福，为你感到开心；在你遭遇挫折，
感到郁闷痛苦的时候，毫不犹豫地走到你的身边，竭尽全力地
给予你安慰，给予你帮助。毫不夸张地说，有一个好朋友，你
就会有一个好未来。

朴槿惠是一个非常坚强的女子，不会轻易地流下眼泪，
但是除了在失去双亲的时候她曾经痛哭流涕之外，在失去朋
友的时候朴槿惠也流下了眼泪。

在2007年总统竞选的时候，曾经帮助过朴槿惠并且被朴槿惠视为朋友的广告专家许有根不幸去世了。在许有根去世前一个月时，朴槿惠前去医院探病。许有根整理妆容，将病人服脱下，穿着正装迎接朴槿惠。朴槿惠极力劝说许有根不要起来，但是许有根始终坚持以礼相待。当时正值朴槿惠2007年大选落选之际，朴槿惠对这位朋友深感愧疚。当许有根说道："与槿惠在一起的两年时光是最幸福的"，朴槿惠更是心如刀绞。在许有根的病房中，朴槿惠强忍着眼泪，但当她走出病房后就倚靠在墙上痛哭了很长时间。朴槿惠的亲信们说，在她进入政坛以后，第一次看到她哭得这样伤心。

在2012年总统竞选时也曾经发生过类似的事情。李春相，这位和朴槿惠一同工作了15年的助理兼朋友，在与朴槿惠一同参加游说活动时很不幸地遇到车祸去世了。在朴槿惠的助理中，李春相与朴槿惠的关系最好，给予了朴槿惠无微不至的照顾与关心。他们不仅仅是工作上的同事，更是知心的好朋友。朴槿惠的亲信们表示，朴槿惠在那两天哭得非常厉害，差点儿就晕厥过去。在李春相出殡的时候，人们都看见朴槿惠不停地用手绢擦拭眼泪。

从朴槿惠对待两位友人的态度中，我们看到了她对于友谊的重视。在朴槿惠看来，他们都是自己不可缺少的朋友，给过自己很多帮助与关心。然而，这两个朋友却因为不同的原因而离开了人世，朴槿惠再也见不到他们了，所以才会那样伤心。朴槿惠的故事反映出了友谊的珍贵。好朋友可以给予我们很多的帮助，因此，我们应该重视友谊，努力结交一些朋友。但是，我们应该结交什么样的朋友呢？

我们可能都听过这些话："什么样的人，交什么样的朋友""羽毛相同的鸟，自会聚在一起""物以类聚，人以群分"……这些文字都在说明一个问题：能够和一个人交往，就说明你们之间存在着一定的相似之处，这些相似点可能是兴趣爱好，可能是知识水平，也可能是身份背景。正是因为这些或多或少的相似性，你们才走到了一起。拥有共同语言才能够成为朋友，并在交往中相互帮助、相互学习、相互提高。

历史上有关朋友相交的例子有很多，比如韩愈和孟郊。韩愈、孟郊的出身都比较贫寒，而且他们在青少年时期都饱尝了世间的艰辛。长大后，他们因为相似的兴趣爱好走到了一起。两人相见后立即产生了相见恨晚的感觉，而这种感觉也促进了他们之间友谊的加深。贞元七年，孟郊是"逢着韩退之，结交方殷勤"。韩愈一见孟郊，则"为忘形交"，此后，韩、孟二人便形影不离，以奇特的诗风称雄于中唐诗坛。

古语有云：近朱者赤，近墨者黑。有什么样的朋友，就会受到什么样的影响。从这个方面来看，交一些志同道合、品德高尚的朋友，会使我们享用终生，一辈子受益。

他是一位音乐爱好者，同时又对天文学充满了兴趣。一有空闲，他不是沉浸在音乐里，就是对着天空发呆，幻想着太空的美好。因此，他被同学们视为一个不善于交际的人，与他疏离。

有一次他在教学楼的楼顶观看天象，为了发泄心中的苦闷，他朝着天空大声地喊着："有人吗？有人吗？"等了一会儿，在屋顶的另外一角露出来个头，一个人说道："有人啊！"

原来那是一个比他低两个年级的金发男孩。他似乎也是一个孤独的人，带着随身听，孤独地沉浸在自己的世界里。

就这样他们相识了并很快成为了好朋友。因为他的父亲是一位图书管理员，所以金发男孩就会通过他借一些最新的电脑书。在他们相互交往的过程中，他发现这个金发男孩十分聪明，而且还懂许多计算机知识，于是他经常和金发男孩出入学校的计算机机房，一起玩编程游戏。

临毕业时，他成为一位仅次于金发男孩的计算机高手。

1971年春天，他成功地考入华盛顿州立大学学习航天工程。而在一年之后，那位金发男孩也顺利地进入哈佛大学学习法律。虽然两个人不再身处同一个学校，但是仍然保持着联系。金发男孩继续向他借书，他继续和他探讨编程问题，两个人相互学习、共同提高。

女人们要知道，朋友就是一面镜子，你可以从她的身上看到你自己。有怎样的你，就有怎样的朋友；有怎样的朋友，就有怎样的你！从朋友的性格、爱好等方面也可以反映出你自己的性格、爱好。可以这么说：有一个好朋友，就能有一个好未来。

地低成海，人低成王

可以说宽容是至高无上的智慧，所以宽宏大度的人是智慧的，而真正聪明、智慧的人也同样拥有宽广的胸襟。

不管男人，还是女人，要想在自己的朋友圈里获得大家的认可就要有大的度量、非凡的胸襟。相反，如果你气量小、嫉贤妒能，眼里容不下沙子，那你就很难交到好朋友。失去人心，会导致你最终失去自己的事业。

2002年，为了国家的利益，朴槿惠以公益组织理事的身份前往朝鲜平壤（朝鲜曾派人暗杀朴槿惠的父亲朴正熙）。朴槿惠到达平壤之后，下榻在百花园迎宾馆客房。迎宾馆会议室内，金正日和朴槿惠秘密地谈了1个小时，会谈期间除了一名速记员以外没有其他陪同。

朴槿惠说道："金正日国防委员长为人十分直率，他说话的口气和态度都给我留下了非常深的印象。"

密谈刚一开始金正日就提到了1968年朝鲜特种部队刺杀朴正熙的事情，他满脸歉意地说道："那个时候的极端主义做错了事情，我感到非常抱歉。这件事情的责任者都受到了应有的惩罚。"

对于父亲朴正熙被刺杀的事情，朴槿惠是非常愤恨的。但是，宽宏大量的朴槿惠没有迁怒于他人，也没有怨恨朝鲜政府，她最终选择了原谅。

所以，朴槿惠笑着说道："只要南北之间加强交流，相互进行配合，自然会走向和平统一。"接着朴槿惠提出了设置离散家属常设会面所，寻找朝鲜战争失踪者等建议，都得到了对方的肯定。

"作为（发表7·4联合声明的南北领导人）后代，我们一起努力维护和平吧，"朴槿惠提议说，"韩朝是否可以实现那个时候所约定好的大礼访问呢？"

"好，"金正日表示，"如果时机合适的话，我会去的。"之后，金正日又表示有意前往朴正熙的墓前进行吊唁。

朴槿惠回国的时候，金正日问道："为什么要绕远（经过中国）回去呢？通过板门店回去吧。"这让乘车穿过停战线的朴槿惠一路上感慨良多，她鼻子发酸，热泪盈眶。人们猜测这可能是因为朴槿惠想到了她在之前的两场刺杀中失去的父母，他们一个死于韩朝冷战中的敌对仇恨，一个死于独裁统治的自身危机。朴槿惠告慰父母的唯一途径，就是以相反的方式投入到他们没有完成的建设事业中——用大肚量消融仇恨，用和解终结独裁，舍此无他。

俗话说得好："无毒不丈夫，量小非君子"。气量狭小的人在本质上来说算不上一个真正的君子。从这句话来看，自古以来人们都看不起心胸狭窄，气量小的人。在平时的生活中，心胸狭窄的人遇到一点小事也会记恨，会因为别人的一句无心之言而气上许久，这样气量狭小的人自然是不会有什么好人缘，也就不会成就什么大事业的。

宽容是一种美德，是友善、明理的体现。宽容不仅对一个人的社交有很大的价值，而且对一个人的职业生涯、事业成功具有不可估量的推动作用。

公元前606年，楚庄王一次就将所有的叛党都消灭了，一鸣惊人的楚庄王返回郢都，准备为此举行一个庆功会，名字叫作"太平宴"。在宴会上，楚庄王与大臣们兴致都很高，一直从白天喝到了晚上，还没尽兴。

这个时候，夜幕已经降临了，呼呼的大风不停地刮着，似乎即将要下雨了。可是大厅中却是烛火通明，犹如白昼，诸多美女轻歌曼舞。忽然，从诸多舞女当中转出来一位天仙般的绝色佳人：她，上着白藕丝对衿仙裳，下穿紫绡翠纹裙。满头珠翠，颤巍巍无数宝钗簪；遍地幽香，娇滴滴有花金缕细。脸蛋如三月桃花，纤腰似春之杨柳，说不尽的体态风流，风姿绰约。

这美女是最受楚庄王宠爱的许姬。此刻，她接受了楚庄王的命令，为宴会上的各位大臣斟酒。文武大臣都为她着了迷，疯狂的喧闹声一下子全没了。

忽然，一阵风吹来，将大厅中的所有蜡烛都吹灭了。许姬正为一个人倒酒，而那人趁着黑灯瞎火，拉住许姬的袖子，还去捏了许姬的手。许姬迅速地揪下了那人帽子上的缨子，然后跑到楚庄王面前小声地告状，要庄王查出到底是谁竟敢对她进行调戏。

毫无疑问，调戏君王宠爱的爱姬，无疑是对君王的羞辱。这是大逆不道的行为，要杀头的啊！但楚庄王思考了片刻，却大声命令道："切莫点烛！寡人今日要与各位爱卿开怀畅饮，不用打扮得太整齐了，统统把帽子摘下来吧！"

文武大臣对此感到十分奇怪，但都按照楚庄王的命令摘下了帽子。之后，楚庄王才命人将蜡烛点燃。如此一来，庄王和许姬始终都不知道拉了许姬的袖子的是谁了。

等到宴会散了之后，许姬责怪起庄王来。

楚庄王笑了笑，说道："今天寡人将大臣们请来是喝庆功酒的，每个人都很高兴，出现了醉酒之态，也没什么大不了的。倘若我按你的要求，将那个人揪出来，虽然能显示了你的贞节，但是却会让大臣们不高兴地散场，还都会说我缺乏胸襟与度量，那以后也就没有人愿意为我誓死效忠了！"

许姬听了楚庄王的解释之后，觉得非常有道理，心中十分佩服楚庄王。

后来，楚国与郑国交战的时候，前部主帅的副将——唐狡向楚庄王请命，自告奋勇率百余人充当先锋，为大军开路。唐狡带领众人英勇杀敌，迅速为大军扫平了障碍，使楚军进展得非常顺利。

为此，楚庄王要对唐狡大加封赏。

但唐狡却红着脸，低着头说道："大王切莫厚赏，只要不对我进行治罪，就已感激不尽了！"

楚庄王奇怪地问道："这是为什么呢？"

唐狡回答道："在上次的宴会上，去拉了美人的手的便是我呀！蒙大王昔日不杀之恩，末将今日才如此舍命相报啊！"

庄王听了之后大喜，还是重赏了他。

做人要有大的胸怀和度量，尤其是要做大事的人，就更需要宽广的胸怀。因为生活中的琐事太多，如果我们去一一计较，没有足够的胸怀去包容别人，那还怎么去专注大事、成就大业呢？因此，在为人处世方面，我们一定要学会放开胸襟，这样才更容易获得别人的信任。

要善于看到别人的优点

有突出就有凹陷，有优点就有缺点，优点有时还会成为缺点，人生就是在这种不安定状态下延续下去的。然而，正是这个不安定状态促使我们去探索、去发现，促使我们不断地积累爱与德。

　　每个人身上都有优点，同时也都有缺点。在与别人交往的时候，如果总是盯着别人的缺点，那我们肯定会变得高傲孤独、不合群。有的时候，你的缺点在别人看来可能是优点。你说别人小气吝啬，别人反而会认为是勤俭节约；你说别人固执己见，别人可能会认为是信念坚定。看一件事的角度不同，其结论自然不同。

　　一个人如果只能看到别人的缺点，眼光就会短浅，就会不自觉地产生一种优越感，自我感觉良好，而这样的心理是十分危险的。

　　有的人总会拿自己的优点去和别人的缺点对比，这样越比越盲目。其实，优点缺点没有可比性，这种比较也毫无意义。问题是，这种比较会让我们不知道自己与他人的真正距离。

朴槿惠在日记中写道：

"每个人都具有各自的长处与短处，与此同时，每个人也都具有善良的一面与丑恶的一面。善于发现身边众人善良一面的人是能够引导这个世界走向光明的人。

"要想成为这样的一种人，首先要做到以身作则、胸怀坦荡、光明磊落，要做到最大限度地尊重他人，为他们创造宽松的环境。"

朴槿惠在日记中所写的这两段话，生动地展现了她对"善于发现众人善良一面的人"的论述，我们可以将之理解为朴槿惠在大力倡导人们要"善于看到别人身上的优点"。在当今社会中，只有练就一双"善于发现别人优点"的眼睛才能更好地处理与他人的关系，才能让你拥有更多的朋友，你的生活才会变得更加幸福快乐。

在很久以前流传着这样一个故事：普罗米修斯创造了人，他在每个人的脖子上挂了两只口袋，其中一个用来装别人的缺点，一个用来装自己的缺点。他把装别人缺点的袋子挂在人的脖子前，把另一只挂在人的脖子后。

因此，人们总是能在发现自己的缺点之前就发现别人的缺点。实际上，如果眼睛总盯着别人的缺点，那就一定能够发现别人的缺点；如果眼睛总是看着别人的优点，那就能够看到别人的优点。总是看着别人的缺点，这本身就是一个大缺点。因为，你看不到自己的缺点，你就会认为自己是最完美的人。

有一个漂亮的姑娘出嫁了。虽然已经结婚，但是娇生惯养的她在婆家生活了一段时间之后还是感觉有点生气。于是她就跑回家向自己的父母诉说在婆家的遭遇。听完姑娘的经历后，双亲耐心地对她进行了劝导，但是她仍旧表示要离婚。

这时，爷爷从书房出来．手里拿出一大张白纸和一支毛笔交给孙女儿并对她说："孙女婿欺负你，很可恶是不是啊？"

女孩接过纸与笔，委屈地答道："是啊！他整天欺负我。爷爷要替我做主。"

爷爷说："好！你先照我的话去做。现在你只要想他一个缺点，就用毛笔在白纸上点一个黑点。"

女孩遵照爷爷的嘱咐，拿起笔不停地在白纸上点黑点。

她点了一阵子后，爷爷拿起白纸问她："就这些，还有吗？"

女孩想了想，提笔又点了三点。

在她点完之后，爷爷平静地问她："你在这张白纸上看到了什么呢？"

女孩恨声答道："黑点啊！全都是那没良心的缺点啊！"

爷爷仍旧平静地问道："你再看一看，除了黑点之外，还看到了什么。"

"没有啊！除了黑点之外什么都没有了。"

在爷爷的不断追问之下，女孩不耐烦地说："除了许多黑点之外，就是白纸的空白部分了。"

爷爷笑道："好极了！黑点就是缺陷，而空白部分就是优点。你总算看到了优点。想想看，孙女婿是否也有优点呢？"

女孩若有所悟，想了很久，终于勉强地点点头，开始说出丈夫的优点。阴晦慢慢扫去，语气逐渐缓和，最后终于破涕为笑。

从表面来看，人与人之间的区别并不大。但是事实上我们每个人都有自己的性格，有自己的脾气，有自己的想法。从这个角度来说，我们也都拥有着太多数不清看不明的缺点，有太多说不清楚的阴暗意识在内心流淌。有的人会将这些个性表现出来，这就难免会给别人留下一些不好的印象，而有些人则会将这些个性隐藏在自己的内心深处，不会轻易向外人说起。

如果你讨厌一个人，那么在你眼里就只能看到对方的缺点，这是人性的盲点。

坦率地说，生活在如今这个社会中的人们的累与苦，其实不在于工作的压力，人际的紧张，而在于我们把彼此看得太高，对彼此的期望值过大。

我们生活在一个信息高速发展的时代，在做事说话时难免会受到多方因素的影响，所以一些人就要力求完美，在得失中寻求着平衡的支点。一些人在模糊与清醒中评判着别人、高估自己，在理不清道不明的思绪中诉说着别人这样那样的缺点与错误。

仔细想想，难道我们所讨厌的人就真的是一文不值，可恶至极吗?

事实并非如此。当我们在用审视的目光看待别人的时候，为什么不多想想自己是否也是这样呢? 为何我们不用逆向思维去审读别人的优点，而老是抓住别人的缺点不放手呢?

就算一个人表面十分不堪，但是他总会有一两个吸引别人的地方。所以，不论是谁，他总有让我们敬重之处. 总有他的独到之处。不管他曾经做过什么，他总有令他人望尘莫及的地方。

俗话说得好：人非圣贤，孰能无过。有过改之，善莫大焉。我们每个人都有犯错的可能，大部分人在诱惑面前都会有些心动。所以，犯错误就是难免的了。

有时候想一想，我们与其一味地抱怨别人的错误，去指责他们的缺点，还不如静下心来用宽广的视野去发现一个人的优点，用广博的胸襟去容忍别人对自己的不公正。这样，我们至少学会了在赞赏与感恩中生活，学会了豁达，让生命的意义在蜕变的同时，又传递着人与人之间的包容与关爱。

因此，当我们面对别人的时候，不管是对手，还是我们眼中的敌人，走到最后我们依然是朋友。多看看别人的优点，或许你会更快乐。

有理也不要不饶人

为了国家的民众的利益，即便我们大国家党这边有理也应该让三分，与执政党和睦相处。

人生在世，难免会与人发生矛盾、冲突。当我们与别人发生争执的时候，常常会争执不休。殊不知，即使道理在我们这边，但是你和别人争论的时候就有可能已经伤害了对方，甚至让别人恼羞成怒，而这是人际交往的大忌。

在朴槿惠担任党代表的两年三个月中，原本在韩国第十六届国会上通过的《新行政首都特别法》，在2004年10月21日被宪法裁判所判定违宪。随即在韩国国会，朝野成立了新行政首都后续对策特别委员会，对此问题进行讨论。

但是，在如何解决这个问题上，大家的分歧很大，有些人认为，既然已经被判定违宪就干脆当作没有这件事情，持反对票就可以了；有些人主张，既然是第十六届国会通过的，那么国家就有一定的责任，所以应当与执政党协商，所以持赞成票使其通过。

在2005年2月11日，朴槿惠召开了对策会议，经过2个小时的会议后，朴槿惠下了结论："现在已经没有办法将这件事情当作没发生过，我们也有责任，所以特委会应当尽可能地与执政党协商，并且在议员总会上决定党的决议。"

在议员总会召开时，议员们的意见分歧也非常大，根本没有办法达成共识，最后只能通过投票的方式来决定党的决议。投票的结果为46∶37，赞成票居多，这就意味着此事已经有了最终的决断，应该到此结束了。但是，由于持反对票的人也非常多并且还十分顽固，让此事解决起来仍旧困难重重。

从那个时候开始，情况就开始恶化了。3月2日的全体会议票决活动即将展开，可是反对此法的议员们继续强烈地表示自己的抗议，甚至有几位持反对票的议员以辞职作为要挟。就连朴槿惠亲自任命的政策委员会议长朴世逸也因为反对党的决议而宣布将议长的职务辞去。在这种情况下，朴槿惠意识到了问题的严重性，但她也明白：身为一个公开政党，在投票结果已出的情况下党的决议是不可更改的，因此持反对票议员的做法是不妥当的。

然而，为了政党的明天，朴槿惠决定在议员总会上将此事认真地解释一下，好好劝说那些反对者。但是，那些反对者并没有听从朴槿惠的劝导，而是在该法案通过以后，以绝食的方法表示抗议，很多反对者还用强烈的语气责骂党指导部。

身为党代表的朴槿惠深深明白，党的决议是不容改变的，那些反对者的做法简直就是在胡闹。与此同时，朴槿惠也知道如果就这样放任那些反对者不管，那么极有可能会造成不良的影响。

于是，她就亲自去请求那些持反对票的议员们停止绝食，同时也再三恳请朴世逸议员不要辞职。原本，朴槿惠已经与朴世逸约好吃饭，并且一起就此事作进一步的讨论。

从这件事情上我们可以看出朴槿惠精通完美处事的要诀之一：有理也要让三分。原本此事已经通过投票得出了结果，但那些反对者却依然以各种方式进行抗议、要挟，朴槿惠对此可以不予理会，投票的结果依然不会有所改变。但是，朴槿惠却选择了"让三分"，先对他们认真地解释与劝导，然后再亲自请求他们"停止绝食"，并且邀请朴世逸议员会面，虽然最终的结果没有如朴槿惠所愿，但是我们却看出了她处事的高明之处。

当然了，我们这里所说的并非指责那些持反对票的议员们，他们那么做的原因可能也是为了坚持自己的信念，这属于政治问题，就不多加讨论了。我们只需要谨记"有理也要让三分"这个处事的黄金法则即可。

英国的克里斯托弗·布恩爵士是17世纪著名的建筑大师，他一生设计了很多著名的建筑，著名的西敏斯特市的市政大厅就是他的不朽杰作。1688年，布恩爵士为西敏斯特市设计了这个富丽堂皇的市政厅。当建筑设计完成后，市长看了设计图感觉十分奇怪。因为他担心三楼这样的设计会掉下来压到他自己。

于是，市长强烈要求布恩根据他的修改意见再加两根石柱作为支撑，加固房子的结构。布恩很清楚市长的恐惧是杞人忧天，但是他没有同市长争辩，也没有跟他解释其中的原理，而是按照市长的要求建造了两根石柱。市长为此感激万分，工程也得以顺利进行。

很多年过去以后，人们在对建筑进行检修时才发现当年添加的两根石柱并没有顶到天花板。这位杰出的建筑师为了满足市长的要求，在他的设计中加了两根并没有起实际作用的石柱。

这位聪明的建筑师没有当着市长的面和他争辩，而是换了一个方法坚持自己的设计，这样做既消除了市长的担忧，又没有改变建筑的设计理念。可谓是一个万全之策。当人们看到这两根柱子没有顶到天花板的时候，明白了他的苦心，更加赞赏他了。

有理也要让人三分。非原则问题，凡事都要争个对错，比个高下，证明自己更聪明更正确，其实是没有任何意义的。话多无用，行动则更有力得多。在布恩的设计中，石柱只是一个摆设，是虚假的，但是双方都从中得到了满足。市长可以松一口气，不用担心三楼掉下来砸到自己的办公室，而后世也会了解布恩的设计是成功的，加建石柱其实并没有必要。

在生活中，人与人之间总会存在一些矛盾，而如何看待这些矛盾是处理问题的关键所在。在与他人的矛盾中，有些人虽然有理，但态度蛮横，得理不饶人，非要证明自己才是对的，因此咄咄逼人，结果只能把事情越弄越大，局面越弄越僵，导致最后无法收场。懂得做事的人，会把握事情的进展程度，在不该说话时就会保持安静，少说几句，少争无谓的"理"，再大的矛盾也能大事化小，小事化了，轻松解决。

米开朗琪罗在年轻的时候到佛罗伦萨去工作。他想要用一块别人认为已经无法使用的石头雕出手持弓箭的年轻大卫雕塑。当时，米开朗琪罗的赞助人是执政官索德里尼。

工作进行了一段时间之后，雕像快要完成了，索德里尼进入了工作室。他自以为是行家，就对米开朗琪罗的作品品头论足。他站在这座大雕像的正下方说："米开朗基罗，你的这个作品诚然是个杰作，很了不起，但它还是有一点缺陷，就是鼻子太大了。你来看看是不是？"

米开朗基罗知道索德里尼不是行家，所以他得出的结论肯定不值得重视，没有鉴赏能力的他得出这样的结论是因为观察的角度不正确。但是米开朗基罗什么都没有说，而是拿着工具，让索德里尼跟着他爬上支架。米开朗基罗只在雕像鼻子的部位轻轻敲打，一边敲打一边让把事先拿在手里的石屑一点一点地掉下去，还不时问索德里尼的意见。表面上看起来他是按照索德里尼的意见在修改，但事实上他根本没有改动鼻子的任何地方。

过了一会，他站到一边问索德里尼现在的效果怎么样。索德里尼端详了半天，得意地微笑着回答："我比较喜欢现在这个样子，更栩栩如生了，这才是最完美的艺术！"

在现实生活中，有些人总是喜欢在嘴上占别人的便宜，即使没理也要争辩三分，不论国家大事，还是日常生活小事，一见对方有破绽，就死死抓住不放，非要让对方败下阵来不可。殊不知，这样不仅于自己无益，而且还会惹人厌恶。

因此，我们一定要记住：有理也要让三分，这是为人处世的最佳原则。遇到矛盾时，首先要想到让着别人，这样一来，事情就会好办多了。正所谓"退一步天高地阔，让三分心平气和"。

怨恨只会让人变得愚蠢

消除心中的憎恨、复仇恶念，我们的心灵就
会得到升华，变得更加坦荡。

莎士比亚曾经说过："不要因为你的敌人而燃起一把怒火，最后烧伤你自己。"这把怒火就是指人心中的怨恨。

怨恨就像一把匕首，你想要刺伤别人，可最后受伤的往往是自己。怨恨还像一粒有毒的种子，放在心里生根发芽，时间越长对自己的杀伤力也越大，它的疯狂生长甚至会影响我们正常的生活，最终使我们付出惨痛的代价。

朴槿惠退出大国家党后，创建了"未来联合党"，同时，她也担任着欧韩财团（EKF）的理事。一天，欧韩财团的理事给她提出了一个很特别的问题：是否同意接受朝鲜的邀请出访朝鲜。一直以来，欧韩财团都没有间断对朝鲜的慈善活动，例如赠送药品及足球给朝鲜儿童，此外，财团对朝鲜的经济协作方面的问题也有不少提案。朝鲜方面一直很关注欧韩财团，为了表达谢意，就打算邀请欧韩财团的几位理事访朝，受邀者的名单中也有朴槿惠。以往朴槿惠也曾从朝鲜访问回来的人员口中听说过朝鲜方面有意邀请她，但这一次她直接收到了邀请。

三八线那边的朝鲜是个什么样的地方？她的脑海中迅速闪回很多不堪回首的画面，朝鲜间谍在"光复节"那天的庆典上，残忍地枪杀了她的母亲，还制造了震惊国内外的"青瓦台事件"，朝鲜的特种部队潜入韩国企图袭击青瓦台。父亲为了抵御朝鲜南侵的威胁，忧心操劳的神情仍然历历在目。她从小到大都处于朝鲜的影响下。朝鲜是个什么样的地方呢？她比别人有着更加深刻的体会。接受邀请对她来说是一次意志的考验，她内心有一个声音告诉她：必须放下家仇国恨，放下痛苦的回忆。她是这些痛苦的经历者，她比别人更能了解解开与朝鲜的死结的影响力。

"一言而有益于仁，莫如恕。夫知其所不可由，斯知所由矣。"什么都不如"恕"字。她决定彻底放下心中的怨恨，接受对方的邀请。朴槿惠的这个决定反倒让朝鲜方面惊讶了，他们不敢相信她能这样宽容大度地放弃前嫌。为了表示郑重，朝鲜方面要求她写一个确认书，证明这个消息是真的，她一一按要求做了。这次出访虽然不是很轻松，但是却解决了不少问题，同时也让朴槿惠成长了不少。

人生在世，应该学会放下心中的怨恨，包容世间对自己的各种不公平以及痛苦的事情。朴槿惠放下了心中的怨恨，所以，她成功出访了朝鲜，并且与朝鲜建立了友好的关系。因此，女人们要相信，原谅伤害过自己的人，不仅可以让对方安心，而且也能让自己快乐，从而缔造出一个美好的未来。

　　因为反对种族歧视而被世人熟知的南非总统曼德拉，是南非第一位黑人总统，也被南非人民称为国父。可是就是因为他反对种族歧视政策，曼德拉曾在罗本岛监狱里被关押了27年。

　　1962年8月，曼德拉被南非种族隔离政权逮捕入狱，政府以"煽动"罪和"非法越境"罪判处曼德拉5年监禁，自此，曼德拉开始了他长达27年的"监狱生涯"。1962年10月15日，曼德拉被关押到比勒陀利亚地方监狱。在那里，曼德拉被单独关押，并且日关押时间长达23小时，每天一个小时的活动时间。房间里没有光线，没有任何书写的物品，完全与外界隔绝。1964年6月，南非政府以"企图以暴力推翻政府"罪判处正在服刑的曼德拉终身监禁，当年他被转移到罗本岛上。在罗本岛上，曼德拉每天都坚持锻炼。

　　1991年，曼德拉出狱后当选为南非总统。在就职仪式上，曼德拉起身致辞，欢迎来宾。依次介绍过来自世界各国的政要之后，曼德拉说他最高兴的是当初在罗本岛监狱看守他的三名狱警也到来了。随即，曼德拉邀请他们起身，将他们介绍给大家。

　　年迈的曼德拉缓缓地站起来，恭敬地向三名看守致敬时，现场的所有来宾无不震惊不已。曼德拉的宽容，令那些曾经伤害过他的白人羞愧万分。

　　后来，曼德拉解释说，自己年轻时脾气非常暴躁，正是狱中的生活使他变得平静，学会了控制情绪，因此才活了下来。牢狱岁月磨平了曼德拉的坏脾气，也让他学会了如何处理自己遭遇的痛苦和控制自己的情绪。获释当天，他心情平静地说："当我走出囚室、迈过通往自由的监狱大门时，我已经清楚，自己若不能把悲痛与怨恨留在身后，那么我实际上仍在狱中。"

　　这样睿智的一段话，来源于一个伟人对人生曲折的思考与感悟，也是曼德拉对过往发生的宽容与理解。

心灵的煎熬是我们每一个人都要承受的。爱人的背叛、同事的中伤、朋友的嫉妒……一切的不幸都会让我们愤怒、让我们怨恨，之后，我们寻找一切机会去反击、去报复……变成了自己最讨厌的那种人。那时候，我们忘了窗外灿烂的阳光，身边亲人的笑声，让心灵在痛苦的深渊中不能够自拔。持续不断的抱怨会毁掉我们的生活，使我们变得不堪。虽然在短时间内我们可能难以拥有曼德拉那样的胸怀，但我们可以不断尝试将怨恨渐渐地抛在身后。学着放下怨恨，带着一颗干净的心灵去找寻真正的幸福。

路是我们自己选的，我们就要对自己负责，咬着牙也要坚持走下去。宽恕别人才能真正善待自己。放下心中的怨恨，原谅那些伤害过你的人，无论有多么困难，生活中的不完美也是生活的一部分。接受生活中的不完美，才可以快乐的生活。相爱的两个人先是爱得死去活来，最后因为一方的背叛或是真正互相了解以后就因爱生恨、反目成仇，害了对方同时也耽搁了自己，这样的例子有太多了。

对于伤害过我们的人，虽然很难做到快速忘记，但是，忘记却是最好的办法。不去听任何和他有关的话题，不去想如何去报复。虽然我们不能像圣人那样去爱伤害我们的人，但是为了我们的健康和快乐，也要学会宽容，原谅他们。怨恨一个人相当于给心灵套上枷锁，而宽容他人的同时也是解脱自己。

身背重负定不能走远，怨恨甚至比千斤大石更加沉重。可是有些人就是情愿把这一块巨石背在身上，压在心底，一辈子都不愿放下。到了最后，除了让自己一直生活在痛苦之中外什么也没得到，只会变得越来越焦虑，越来越不安。

选择怨恨的同时，你也放弃了应有的幸福和快乐。心存怨恨的人，年老时必定会又悔又怨，短短几十年的时光本应是美好的，却在怨恨中度过。值得我们铭记在心的应该是一些美好的东西，值得我们去珍惜、在意的东西，绝非是一段不堪回首的往事和一个不愿面对的人生。所以，过去了的东西就让它过去吧，让心中留有迎接美好明天的空间。无论遇见什么，都要放下心中的怨恨，用纯净的心去迎接未知的美好。

因此，放下心中的怨恨吧，那就相当于开启了自己通往幸福的大门。只有当你把心中的怨恨放下的时候，你才能理解什么是对他人的宽容，才能做一个幸福的人，这就是对自己的宽容。

多一点宽容，少一些抱怨

> 我想，胜利的桂冠和花环与宽容大度的心态相比，后者更显得弥足珍贵，因为真正的胜利者就是这种姿态。

女人们都知道，滴水之恩当涌泉相报。但是，如果有人伤害了我们，我们是否能够以德报怨，原谅对方呢？恐怕很多人的答案都是否定的。正是这样，能够原谅曾经伤害过自己的人才显得更加可贵。

两次猝不及防的刺杀行动夺走了朴槿惠父母的生命，使她和弟弟妹妹沦为孤儿。母亲死于韩朝对峙的仇恨，父亲死于铁腕统治的内部危机。面对杀父杀母的不共戴天之仇，朴槿惠居然选择以宽恕融化仇恨，以和解终结铁腕。过去所有的一切是非敌对，都消融在她宽广的胸怀中，她的回报不是以牙还牙，以血还血，而是爱人如己。

她不断地修炼自己的德行，像熬炼银子一样熬炼自己的品行，是故"人有三必穷：为上则不能爱下，为下则好非其上，是人之一必穷也；乡则不若，偕则谩之，是人之二必穷也；知行浅薄，曲直有以相悬矣，然而仁人不能推，知士不能明，是人之三必穷也。"意思是，有三种必然会陷于困境的情况：做上了君主的宝座却不能爱护臣民；做了臣民却喜欢非议君主；当面比不上别人，就在背后对别人进行毁谤；知识浅陋贫乏，缺少德行，又与别人相差悬殊，但是却对仁爱之人不尊重、不推崇。不得不承认，朴槿惠的胸襟是非凡的，在那样大的仇恨面前，她居然能够宽恕对方，这实在是令人敬佩！对于我们普通人而言，不会遭遇朴槿惠那样巨大的伤害与仇恨，但是一般的伤害还是可能有的。

女人，你是否曾经受到过伤害？对于曾经遭受的伤害，你是选择尽力遗忘还是耿耿于怀？对于伤害你的人，你是选择憎恨还是原谅？你的选择是让你感到快乐还是难过呢？有一点可以肯定，那就是那些选择憎恨别人而不愿意忘怀的人肯定不会得到快乐。所以，与其活在过去，对别人犯下的过错念念不忘，不如改变自己的心态，试着原谅他人，善待他人，多一点宽容，少一点抱怨。

人和人之间其实是存在着一条关系链条的，链条的每一个环节都环环相扣，如果今天你选择了仇恨，那么这种仇恨就会滋生出更多的仇恨，影响到下一个环节，甚至可能产生更严重的影响。如果是这样，那么你的世界将会没有任何美好可言，你也得不到任何的快乐。

当然了，即使年至耄耋的老人或是博古通今的智者，往往也很难容忍来自他人致命的伤害和恶意的污蔑，但是如果你一味地活在这些伤害里，只会让他人对自己的伤害延续下去。因此，只有做到宽容，原谅曾经伤害过你的人，才能让你的世界更加宽阔，更加温馨。

如果你今天被人欺骗了，你可以谴责这个欺骗你的人良心泯灭，你也可以痛骂这个社会混乱不堪，甚至自责为什么没有多提防他人，但所有的这些抱怨改变不了任何事情。可是，如果你选择原谅，把所有经历过得不如意当作成长道路上的一堂必修课，你的心情就会豁然开朗。

这里我们要讲述的是阿根廷一位著名的运动员的故事。

罗伯特是一个心胸开阔，心态豁达的人。有一次在他赢得了一场比赛，领完奖杯和奖金的支票后，他从层层包围的记者圈中费力地走出来准备去停车场。

这时候，从外围挤进来一个年轻的女子，她向罗伯特表示祝贺后说："你帮帮我吧，我可怜的孩子得了严重白血病，但是医药费太贵了，我根本就负担不起，他快要死了……"说着，就自顾自地哭了起来。

罗伯特被她的故事深深打动了，在场的记者也全都为之动容。罗伯特毫不犹豫地掏出随身带的笔，在刚赢得的支票上签上了自己的名字，然后递给那名年轻女子，说："这是这次比赛的奖金，拿去给孩子治病吧，希望你的孩子能早点康复。"

一个星期后的某一天，罗伯特正在一个乡村运动俱乐部吃午餐，一位职业赛事联合会的官员走过来，问他前一周在他赢得比赛的那一天是不是遇到一位年轻的女子自称自己的孩子得了很严重的白血病。之后，官员说自己是从停车场的管理员那里得知的。

罗伯特点了点头，说有这么一回事，但还是有些不明所以，所以又问："怎么了，出什么事了吗？"

"很遗憾，我想这对你来说恐怕是一个坏消息，"官员说，"也是当时在场的一个记者后来调查得知的，原来那个女人是个骗子，根本连婚都没结呢，哪来的得了白血病的孩子啊，她只是为了那张支票而已！"

"你的意思是说根本就没有一个得了白血病的小孩快死了？"

　　"恐怕是这样的，根本就没有这样一个孩子。"官员答道。

　　罗伯特长吁了一口气，然后出人意料地说："这真是我这几天以来听到的最好的消息了。"

　　在这件事情当中，虽然罗伯特被骗了，是一位受害者，但是他却没有因此而生气伤心，在他的心里真正关心的是那个得了病的小孩儿，他是真正有一颗博爱之心的人。虽然损失了一大笔奖金，但对他来说，远远比不上听到根本就没有那样一个可怜的垂死的孩子这个消息来得重要。他把别人的幸福看得比自己得失重要得多，因此他根本不在意自己失去了什么，这就是一颗宽容之心带给他的广阔天地。

　　生活总是会给我们挫折和挑战，一颗高贵的心可以分成两半，一半在流血，另一半却试着去宽恕。现在，让我们一起牢记西德尼·史密斯的一句话："生活中有许多这样的场合——你打算用忿恨去实现的目标，完全可以由宽恕去实现。"

　　但是不可否认的是，抱怨往往比宽容更容易，因为抱怨是我们每个人的天性，而宽容却需要我们去学习。所以现实生活中我们总是能看到许多不懂得包容，只知道一味抱怨的人，每当他们和朋友或者同事聚在一起的时候，好像不会寻找别的话题，而是把抱怨当成聊天的唯一内容。就算你的生活平平淡淡，并没有什么特别的事情发生，人们似乎也从不缺少可以抱怨的话题：恶劣的天气、拥挤的交通、商场里排队的人群、看病的艰难、薪金太少而物价飞涨、疾病的困扰、家庭的琐碎问题等。

　　如果你放任自己去习惯抱怨，那么一旦你遇到问题或经受挫折，你就会下意识地把你所有的精力全都放在抱怨上，而忘记去寻找解决问题的办法。抱怨是很简单的，它能让你在短时期内得到发泄，但人们往往也会忽略抱怨所产生的恶劣后果。当你又一次忍不住想要去抱怨的时候，不妨从自己身上找原因，试着理解别人，宽待别人。久而久之，你就会发现这世上本没有那么多值得抱怨的事情。

因此，认清抱怨的真实面目吧，它就像是一瓶毒药，往往出现在你最饥渴的时候，你会忍不住想要喝一口，但是你要明白，就算它再如何诱人，你也不可以品尝一口，因为饮鸩止渴最后总会要了你的命。我们都应该学会宽容，不管面对什么事，什么样的人，通过包容身边的一切让自己的心灵少一些隔膜，多一份友爱。你对他人的理解和信任会给平淡无奇的生活增添更多的快乐。

懂得感恩，会让人生更轻松

> 最美好的人生、最有价值的人生与工作的难易无关，与贫富无关，与使命的轻重无关，就看你在有限的一生中有多少欢笑、有多少欢乐，更看你懂不懂得感恩。

  随着社会的发展，人们对于物质与金钱越来越看重，反而将本应该重视的人情弃在了一边。现在的人是越来越忙碌了，似乎把身边的人都忘光了，似乎把感恩的事情都抛在脑后无暇顾及了，这无疑是一件让人痛心疾首的事。

  朴槿惠有一套独特的外交手段，这也是她的一个外交原则，就是向那些曾经帮助过韩国的人表达谢意。2005年3月，朴槿惠以大国家党党首的身份首次访美，她的第一个行程就是拜访韩朝参战士兵纪念碑。当时由于天寒地冻，马路上结成了冰，穿着高跟鞋的朴槿惠不顾路滑，一步一步走向纪念碑献上花圈，表明韩美同盟的心意。那次出访是朴槿惠和赖斯第一次见面，正是因为朴槿惠的感恩举措，令赖斯对朴槿惠的好感倍增，从而促使他们接下来的会面进行得十分顺利。

朴槿惠心存感恩，对于那些曾经帮助过韩国的人无比感激，用拜访韩朝参战士兵纪念碑的方式来表达她的内心感受。她的行为感动了赖斯，同时也促进了韩美的结盟。

其实，人生的道路很长，我们需要得到的帮助也很多。在日常生活和工作学习中，别人给我们的每一份关心和帮助，我们都应该抱着感恩的心态去接受。我们应该牢记，父母、亲朋、上司、同事、下属、社会，甚至是自然界对我们都有恩情。这份恩情不论到什么时候我们都要学会珍惜。就拿我们生存离不开的空气、阳光、水来说，虽然它们没有生命，但我们依然要感激它们。

"蒙牛"集团总裁牛根生就是一个怀有感恩之心的人。1983年，他和郑俊怀几乎同时进入了呼和浩特市回民奶食品总厂，也就是如今"伊利"的前身，只是当时双方的身份不同罢了。郑俊怀是位居主席台的企业最高领导人，而牛根生当时仅是一名洗瓶子的工人。从洗瓶工人到后来的总经理，牛根生为了完成这一转变用了6年的时间。

在以后的10年里，他为伊利品牌的声名远扬立下了不朽的功劳。此后，他和郑俊怀之间发生了诸多恩怨，也不知是他被清除还是主动请辞，总之他离开了伊利。在1999年，他创立了"蒙牛"集团，在后来的日子里，他用了5年时间使"蒙牛"销售量增加了200倍，6年使销售额达到200亿，这简直就是神话，"蒙牛"在2005年的销售额已经超过百亿。

"蒙牛"集团于2003年11月23日举办了规模宏大的"感恩节"。此次"感恩节"的主题是"给企业安装一颗感恩的心"，目的是答谢社会各界人士，包括消费者、奶农、公司员工、员工家属等所有对"蒙牛"集团的发展提供支持的人，公司邀请了100名消费者代表、100名奶农代表、300位员工亲属、50位分公司的优秀员工还有其他社会各界人士一起参加活动，并向他们颁发奖品。从那以后，西方的感恩节也成了"蒙牛"的"法定节日"。

牛根生除了对自己有恩的人心怀感激，他对整个社会也心存感激，并且用自己的实际行动向大家证明了这一点。在全民抗击"非典"的斗争中，"蒙牛"捐助了1200万人民币作为支持；他们还为人民教师捐赠了价值3000多万元的产品，给广大教师送去了健康和关怀；他们为赤峰地震受灾区捐助牛奶，累计价值达30多万元；也同样给锡林郭勒盟地震灾区捐助价值30多万元的牛奶；对于贫困无力支付学费的大学生，"蒙牛"雪中送炭，给他送了3万元人民币；每到新春佳节，牛根生都要亲自带领公司员工为周边的贫困地区送钱、送粮食……

牛根生坚信"财散人聚，财聚人散"的道理，他在"伊利"和"蒙牛"任职时，自掏腰包慰问下属和员工，散尽钱财帮助社会的次数恐怕连他自己也记不清了。

也许有人会说，牛根生之所以能够做出这样的慷慨之举并不是他心怀感恩，而是他拥有很多的钱财，他有这样的能力为社会、为员工做善事、做好事，相比之下自己只是个名不见经传的凡夫俗子，而且还是一个女人，既没有钱，也没有其他的能力来回报社会。所以，她们给自己不知报恩的行为找了个借口：无力报答。

其实这种想法是没有道理的。因为爱心是不能分大小的。一分钱是钱，一个亿也是钱。爱心行为的性质是相同的，不同的只是个人能力。心存感激并不是要立即回报。如果接受了别人的帮助，而短时间内无法回报那也不要紧，只要在内心深处记得这份恩德，把这份感激之情留在心底就行了。

经常想着别人恩德的人是不会忘记那些帮助过自己的人。因为有了他们的帮助，我们今天的生活才能变得更加美好幸福。一个人心中常存感激，可以帮我们排解心中的不快和怨恨，走过人生的痛苦和不幸。

自省会让你成为更好的人

当我们越是觉得自己没有什么过错，越是觉得自己
比任何人都聪明的时候，我们越要时刻警醒自己。

《贞观政要》中记载着唐太宗李世民这样一句话："朕每闲居静坐，则自内省，恒恐上不称天心，下为百姓所怨。"由此可以看出，唐太宗李世民身上具有一种常人没有的品质——善于自省。

众所周知，朴槿惠不仅是韩国第一位女性总统，而且还是一个魅力十足的女子。朴槿惠之所以会如此优秀，与其自身拥有诸多优良品质以及精于处世的头脑有着很大关系。另外，她还善于自省。

关于"自我反省"，朴槿惠曾经说过这样一段话："人们往往因为别人对自己有失礼节的行为感到不愉快，可是人们却

很少反省自己因为一时的不礼貌而给别人带来的不快与伤害。如果受到贵宾般的待遇，那么任谁都会对此感到非常满意；倘若受到傲慢无礼的对待，那么不管是谁都会感到不快的，这是人之常情。遗憾的是，人们往往只要求别人尊重自己，而不考虑别人也需要自己的尊重。"

朴槿惠是一个善于自省的人，每隔一段时间就会对自己所做的事情进行反省，及时地纠正错误，改善自己。这也促使朴槿惠不断地进步，最终在事业上取得了巨大的成功。

每个人都生活在两个世界中，即内世界与外世界；都具有两种能力，即向外发现能力与向内发现能力。向外是一个十分宽广、异常精彩的世界；而向内则是一个非常深邃、急需挖掘的内心。对外部世界进行观察的时候，需要拥有一双明亮的眼睛；而对内心世界进行探究的时候，则需要拥有清醒的头脑以及擅长反省的意识。

但是，在现实生活中，有些女人却只看到别人身上的缺点，而对自身的缺陷却视而不见；只会对别人的过失进行批评，却从来不懂得自我检讨。这种人不但不懂得反省，甚至还会刻意地将自己的过失隐藏起来，更谈不上知错就改。

自省就好像一面"照妖镜"，可以将每个人心灵上的污浊照出来。因此，一个聪明的女人，自然应该明白自省的重要性，尽可能做到"吾日三省吾身"。

自我反省可以让你知道自己的缺点，可以让你的头脑保持清醒，可以帮助你弥补短处，可以帮助你改正过失。正所谓"金无足赤，人无完人"，所以，在日常生活与工作中，学会自省是非常重要的。真正懂得自我反省的人，经过岁月的涤荡，能够将自己从世俗世界中所沾染的纷扰尘埃冲洗掉，还自己一个纯净而美好的人生。

　　在人的一生中，最大的敌人不是别人，而是自己。只有那些懂得认真审视自己，时刻进行反省的人才有可能获得真正的觉悟。反省就是一棵智慧树，只有深深地将其植入你的思维中，它才能够与你的神经相互联系起来，源源不断地为你提供智慧，让你的人生之路变得更加顺畅，更加精彩。因此，不管是在工作中，还是在生活中，我们都要善于自省，这样才能够让自己不断进步。

　　然而，在现实生活中，有不少人不仅不懂得自省，反而经常自作聪明，面对自己所犯下的错误，总是寻找各种各样的借口试图逃避责任。举个例子来说，当一个女人不小心打碎了别人的花瓶时，她并不会觉得这是自己的鲁莽与冒失造成的，反而会抱怨"刚才走的那块地太滑了"或者"那个花瓶太不结实了"。她自以为是地认为这些借口就可以让她免于指责，殊不知，她这样做只会令别人更加看不起自己。

　　美国西点军校奉行的最为重要的行为准则就是"没有任何借口"。它所强调的重点就在于"要为成功寻找理由，不要为失败寻找借口"。不管做什么事情，只要出现了差错，而做这件事情的人又想为此找借口，那么一个完美的借口就可能会新鲜出炉了。但是，我们应该知道，借口与成功永远不会共存，所以这一做法是相当愚蠢的。

　　一个擅长自我反省的人往往能够及时发现自己身上的缺点以及所犯的错误，并且也明白只有真诚地认错才是最为明智的选择。想尽一切办法，寻找各种理由自己进行辩护并不是上策。要知道，借口只不过是一个人在犯错之后为自己找来的挡箭牌，是自我原谅、敷衍别人的护身符，是掩饰自身的缺点、弱点，逃避责任的"百灵丹"，而这样做的后果只能让一个人变得越来越糊涂，从而自我屏蔽一切缺点、弱点，在自欺欺人的泥潭中越陷越深。

　　每个人的身上都或多或少地存在着缺点或弱点，这是在所难免的。

然而，倘若有了缺点却不愿意承认，犯了错误却不愿意认错，那么就不能够及时地进行改正。如果不及时进行改正，那么又怎么能够进步呢？

因此，如果想要成为聪明的人，那么我们就应该将自省作为检视自己的镜子，在镜子前将自己的衣衫整理整齐，将自己的心情收拾好，真诚地接受别人的指正，及时改正错误，就可以提升自己的人格。在你自以为是，为自己所犯的错误寻找理由的时候，自省就好像一股清泉，洗涤干净你思想中的浮躁、浅薄、自满和狂傲，重新弹奏出昂扬、清新和高雅的旋律，让你的生命再一次绽放出灿烂的色彩。